Elena Poniatowska

Luz y luna, las lunitas

Elena Poniatowska

Luz y luna, las lunitas

CON FOTOGRAFÍAS DE
GRACIELA ITURBIDE

Ediciones Era

Primera edición: 1994
ISBN: 968-411-374-9
DR © 1994, Ediciones Era, S. A. de C. V.
Calle del Trabajo 31, 14269 México, D. F.
Impreso y hecho en México
Printed and made in Mexico

Índice

*

✳

El último guajolote

✻

¿De qué quieres tu torta, muchacho?, le preguntaba a mi Perico. Yo se la
quería preparar de plátano, de tamal o de frijoles, de algo que lo llenara,
le hiciera bulto en la panza, de fideos o de coditos, pero él me decía que
de jamón, hágame usted favor, ¡de jamón! ¿Y cuándo se la iba yo a hacer
de jamón si apenas me alcanzaba pa' la telera?

Jesusa Palancares, *Hasta no verte Jesús mío*

"¡Mercaráaaaaaan chichicuilotitos vivos! ¡Mercaráaaaaaan chichicuilotitos
cocidos!"

Vivos o cocidos los llevaba doña Emeteria en una canasta tapada con un
trapo. Los vivos colgaban de su brazo para que no escaparan, cuicuirí, cuicuirí, y a los cocidos había que resguardarlos del polvo, de las miradas y
de las tentoneadas. "Órale, órale, si no compra no mallugue." Emeteria
canturreaba: "¡Mercarán chichicuilotitos vivos!" y éstos se revolvían en un
montón de plumas y de huesos quebradizos y en la otra canasta yacían los
ajusticiados, bien cocidos, exponiendo sus mínimas pechugas y sus muslos
de orfebrería. La señora chichicuilotera venía desde el lago de Texcoco con
sus pájaros acuáticos (los chichicuilotes viven en las lagunas y tienen patas
largas, caminan a saltos los unos junto a los otros y clavan el pico al unísono para pescar el mosquito de la laguna). El lago de Texcoco se estanca-
ba aquí lueguito a la vuelta de Lecumberri. Allí empezaba a encharcarse el
agua. El cerro del Peñón era agua y Emeteria, su comadre Nemesia, Finita
su prima, Epigmenia la china y otros vendedores que tenían su casa a la
orilla de la laguna tendían sus redes para traer a la ciudad su mercadería
emplumada y desplumada. Pero como los chichicuilotes son pájaros migra-
torios, cuando la emprendían a otras lagunas la chichicuilotera extraía del
agua el mosco cafecito de alas largas (distinto en todo al zancudo: el anó-
feles que al igual que Holofernes desenvaina la espada y transmite el palu-
dismo). Este mosco que fue antes el alimento de sus chichicuilotes lo ven-
día en las casas para los canarios, zenzontles y cardenales que tras sus

barrotes de oro probaban el manjar de los pájaros libres para luego digerirlo al sol junto a los geranios.

—¡Patos, mi alma, patos calientes!

La marquesa Calderón de la Barca dibujó en cartas para su brumosa Inglaterra a la indita vendedora de patos con su falda apretada en la cintura por una faja de colores, sus trenzas y sus pies morenos y descalzos.

—¡Mercarán patos! ¡Mercarán pattttttts!

Este grito es hoy tan improbable como la descripción del Canal de la Viga que ofrece Antonio García Cubas en su *México de mis recuerdos*. Enumera las hileras de sauces que flanqueaban el magnífico embarcadero, la abundancia del follaje y el paseo que se extendía por verdes campiñas de arboledas, háganme el favor, en las calzadas de Niño Perdido, San Antonio Abad y La Piedad y remataban al pie de las Lomas de Tacubaya salpicadas de sencillas casas de campo a las que acudía la gente para saborear el atole de leche y los buenos tamales cernidos, mientras los niños se mecían en los columpios que colgaban de las ramas de los árboles.

Todo nos venía de la laguna, el verdor y las hortalizas, el jabón y la levadura. De las zanjas de agua estancada, doña Emeteria y su comadre Nemesia sacaban una capa gelatinosa, la colaban en forma de pastilla de jabón y la ofrecían a sus clientes para lavar los pisos y la ropa muy engrasada; era la lejía, más poderosa y eficaz que cualquier detergente. También ofrecían en la puerta de las casas el tequesquite, una levadura natural que se forma a la orilla de las lagunas saladas y que todos conocemos con el nombre de Royal y espolvoreamos en la masa para que infle y haga que los pasteles suban bonito, cualidad que hoy reclaman las golosinas industrializadas y los panqués sintéticos "esponjaditos, esponjaditos".

La vida nos venía del agua. En canoas y trajineras, ya vas, los campesinos traían de Xochimilco, de Míxquic y de Milpa Alta sus aguacates y sus manojos de rábanos, sus zanahorias, calabazas y chilacayotes y quien más quien menos pregonaba: espinacas, romeritos, verdolagas, habas verdes, ejotes y chícharos. Las hierberas ofrecían su epazote, su yerbabuena, su perejil y su culantro verde, y el pescadero padre y su hijo el pescaderito con sus pescados ensartados vendían pescado blanco o bagre fresco, ranas y ajolotes, charalitos cocidos envueltos en hojas de maíz o en grandes hojas de plátano y no faltaban los pescadores que vinieran desde Cuernavaca y de Jojutla (junto a sus compadres los cargadores de pencas de plátano) con sus pescados conservados en verdor para que no se les fueran a apestar.

Y por si esto fuera poco, además de las flores, los altos delfinios y los perritos, las nubes y las alhelíes, se cuajaban de flores los copetes de las trajineras: "Margarita" escrito con margaritas, "Catita" con claveles blancos, "Carmen" con claveles rojos, "Rosa" con rosas (así qué chiste), "Alicia" con pinceles y "Mariquita" y "Lupita" con maíz de teja. La música acompañaba a las góndolas como en Venecia *ese lunar que tienes, cielito lindo junto a la boca...* y por allí bogaba la trajinera de los mariachis, los de a de veras, los de Jalisco, los de Cocula y Tecalitlán que ahora se han aposentado en el Tenampa, en la Plaza Garibaldi *...que todas las semanas cielito lindo domingo fuera...* Sus acordes tenían mucho de acuático; el guitarrón parecía arpa, la guitarra hacía olitas y el requinto sonaba como el mero vuelo de las garzas. "Atotonilco", "Chapala", "El Quelite", "Los dos arbolitos", "Échame a mí la culpa", "El Rey", ésa no la tenemos puesta, guitarras y violines en concierto mientras el remero hacía deslizar la embarcación sobre el agua sitiada por lirios acuáticos. Hasta jarabes podían zapatearse sobre el piso de madera de las trajineras mientras los mariachis parados en la punta más alta de la embarcación se confundían con los sauces llorones:

Señora, su periquito   porque me muero de frío
me quiere llevar al río   Pica, pica, pica perico
y yo le digo que no   pica, pica, pica la rosa.

O la canción de los enanos:

Ay qué bonitos   Hazte chiquito
son los enanos   hazte grandote
cuando los bailan   ya te pareces
los mexicanos.   al guajolote.
Sale la linda
sale la fea   Ya los enanos
sale la enana   ya se enojaron
con su zalea.   porque a la enana
                            la pellizcaron.
                            Sale la linda...

También las vendedoras de aguas frescas parecían emerger de la laguna, limpias y gallardas como los alcatraces, lustrosas de gotas de agua y de trenzas recién tejidas. La "chiera", muy melosa —según Antonio García Cubas—, ofrecía sus aguas: "Chía, horchata, limón, piña o tamarindo, ¿qué toma usted mi alma? Pase usted a refrescar". Las servían en grandes vasos de cristal con una jícara de calabaza adornada de pájaros y flores y todos pedían de horchata por espumosa y blanca como la leche, aunque ahora las amas de casa aseguren que es mejor la de jamaica por diurética. Sin embargo, sucede que no se escucha ya el ruido de la jícara en el agua cantarina sino el brusco zangolotearse de la licuadora porque la de las aguas frescas ha pasado, en no pocas ocasiones, a ser "la de los licuados" de fresa, de mamey, de alfalfa, de guayaba o de melón y el jugo de zanahoria que el extractor Turmix hace surgir, Diositosanto, con un infernal vahído de aspas, rodetes y tornillos.

Toda esta agua en la cual se fundó Tenochtitlan, las múltiples lagunas que nos rodeaban, los ríos que nos humedecían, eran una bendición. El valle de Toluca donde nacía el río Lerma era el más rico, el lago de Texcoco una valiosa fuente de aprovisionamiento, y mientras los sabios aztecas hicieron diques para evitar en época de lluvias las inundaciones, Enrico Martínez, que ahora tiene su calle, inició durante la Colonia la desecación del lago que no trajo sino calamidades porque nos resecamos como arenques, como pescado bacalao, como monjas con bigotes, y el polvo giratorio de las tolvaneras nos llenó de piedritas el alma y nosotros que éramos volátiles no supimos migrar como las golondrinas o los chichicuilotes que ahora sólo quedan en el recuerdo.

—¿No tomarán chichicuilotitos vivos? —cantaba doña Emeteria.

—¡Mercarán pollos! —voceaba el pollero con sus mareados e infelices pollos asomando su pescuezo de pollo por las rendijas del huacal.

—¡Vivos o cocidos los chichicuilotitos! ¡Mercaráaaaan chichicuilotitos!

No los alcancé a ver, los guardo en las litografías de la imaginación aunque mejor fuera tenerlos en las de Linati. A los que sí conocí es a los guajolotes de la Navidad que desde el 1º de diciembre recorrían la Colonia del Valle a pie. Empujados por su dueño que los apuraba y los mantenía juntos con un mecatito amarrado a un palo, atravesaban la calle frente al rojo camión Colonia del Valle-Coyoacán y los motores rugientes. Primero eran muy numerosos y sacudían su moco y su cabeza interrogativamente. Yo sentía que no entendían y estaban preguntando algo para lo cual nunca tuve una respuesta (porque nunca he tenido una respuesta para nada). Quién sabe en dónde los resguardarían en la noche, pero echaban a andar al amanecer y desde la ventana podían verse sus lomos lustrosos de plumas pachonas y el rápido y sorpresivo rojo de su garganta así como su voz que se venía en cascada y permanecía en el aire durante muchas horas después de su partida. Para el día 24 quedaban pocos despertando sospechas, quizá tres, y el campesino de calzón de manta amarrado en los tobillos agitaba su mecate contra ellos. "No —le decía la señora—, ya está muy corrioso, a éste ni los

Nevero. Mexican Ice cream vender.   Waite. Photo.

"NIEVES, NIEVES, DE LIMÓN LAS NIEVES"

zopilotes van a querer entrarle. Se imagina cuánto no habrá caminado desde que empezó el mes." El dueño no lo imaginaba, lo había pastoreado día tras día sobre el asfalto negro y caliente como comal ardiendo y al rato el guajolote había dejado de mirarlo para que no le viera la vergüenza en los ojos. Sólo gritaba cada vez más lastimeramente. En esta ciudad despiadada no había nadie para tomarlo en brazos, nadie para acariciar su plumaje antes de meterle cuchillo, y él seguía allí parado como idiota, apergaminándose, los músculos más endurecidos que los de Charles Atlas. ¿De qué servían los muchos kilómetros caminados y la tantísima gente con la que se había cruzado? A veces lo escogieron de entre el montón para sopesarlo, a veces, también, cuando algún perro amenazó su integridad, el amo lo cargó un rato bajo la tupida sombra de su brazo, pero la mayor parte del tiempo había sido de caminar y caminar, caminar y caminar y ni modo de decirle al dueño: "Quiero quedarme parado en esta esquina para siempre".

—¿No tomarán chichicuilotitos vivoooooos?

Así como los chichicuilotes y los totoles, son los oficios de los mexicanos, de gire y gire por la calle, de línguile y línguile por la calle, de pata de perro por la calle. Trote y trote en trotes de nunca acabar, la mercancía en los hombros, la correa cortándole la frente, el chochocol en la espalda, el chiquihuite de las tortillas en el anca, los pollos en el huacal, los sombreros ensartados en un brazo —el fuerte—, el bote de hielo en la cabeza, los muebles de la mudanza en la parihuela, el niño a horcajadas, los personajes populares de la ciudad trotan al trotecito indio, trotan, acostumbrados a todo porque el oficio hace al hombre y Juan no es Juan sino el afilador y Conchita no es Conchita sino la quesadillera aquella del anafre y el aventador en la esquina de Independencia y San Juan de Letrán, la que fríe sus tortillas a flor de banqueta, las de flor de calabaza, las de papa, las de rajas, y salpica de aceite los pies de los golosos que aguardan en círculo. En la calle también, el evangelista apuntala las ocho patas de su mesa y su silla sobre la piedra del portal de Santo Domingo. (También Sartre y Simone de Beauvoir escribieron ensayos filosóficos en el bullicio del Flore sobre las redondas mesitas de mármol en las que apenas cabe la tasa del express, pero nunca hicieron tan ocurrentes faltas de ortografía ni recurrieron a la retórica epistolar de América Latina.) La de las pepitas acomoda sus montones de semillas en la calle sobre una manta raída y el librero de viejo apenas si pone un periódico entre los incunables y el asfalto. Por eso los bibliófilos se acuclillan y don Joaquín Díez-Canedo tiene que agacharse hasta el suelo para hojear el rarísimo ejemplar de *Los errores científicos de la Biblia*. Los yerberos acomodan sus raíces y ojos de venado contra el mal de ojo, los frasquitos de concha nácar para las cicatrices, el mezquite, la cola de caballo y la doradilla, los remedios contra el empacho y el aire constipado, el boldo y el istafiate para las muinas y la bilis derramada, los azahares para los nervios y el corazón, la lengua de vaca y las milagrosas pomadas para los callos y juanetes. Todos quedan al raiz, allí en el polvo del camino. El de los toques se recarga en el muro de la calle a esperar sombrío a su próxima víctima y también el bote de los tamales se pone a humear en la banqueta y sólo su grito se alza en el aire: "Aquí hay tamales de dulce, de chile y de manteca". El nevero que ahora trae un carrito con un paisaje nevado de pingüinos y pinos constelados, antes caminaba con su cubeta en la cabeza y en la mano una canasta con canutos envueltos en zacate: "¡Al buen canuto nevado!", pregonaba. "¡A tomar limón y leche, al nevero!" "¡A tomar limón y rosa, al nevero!" Bajo el sepia de la fotografía de su nevero, el fotógrafo Waite (que bien podría calificarse de fotógrafo de prensa o ambulante) estipuló: *Mexican Ice Cream Vendor,* lo cual resultaba mucho menos poético que la cantinela o los gritos de los vendedores que a lo largo del día llenaban la calle de mágicas proposiciones: "¡Cristal y loza fina que cambiar!" "¡Zapatos que remendar!" "Caños que destapar." "Tierra para las macetas." "¡Alpiste para los pájaros!" "¡Sillas para entular!" "¡Canastas, buenas canastas!" "¡Canastas y chiquihuites!" "¡Petates, tompeates y escobas de palma!" "¡Ropa usada y periódicos que vendan!" "¡Buenas palanquetas de nuez!" "¡Aquí hay atole!" "Ricas las gorditas de cuajada." "Tomillo, mejorana, muicle." "Botellas y fierro viejo que vendan", y aquellos pregones que consigna Antonio García Cubas: "A cenar, pastelitos y empanadas, pasen niñas a cenar".

El pastelero entonaba sus pícaras canciones para atraer a los clientes:

¿Qué te han hecho mis calzones
que tanto mal hablas de ellos?
Acuérdate picarona
que te tapaste con ellos

"A cenar, pastelitos y empanadas, pasen niñas a cenar."

Como que te chiflo y sales
Como que te hago una seña
como que te vas por leña
y te vas por los nopales

"A cenar, pastelitos y empanadas, pasen niñas a cenar."

El pobre que se enamora
de mujer que tiene dueño
queda como el mal ladrón
crucificado y sin premio

El pobre que se enamora
de una muchacha decente
es como la carne dura
para el que no tiene dientes

Y este que parece de Renato Leduc:

Un perdido, muy perdido
que de perdido se pierde
Si se pierde ¿qué se pierde
si se pierde lo perdido?

Los rótulos en la calle también eran dignos de atesorarse aunque Antonio García Cubas los hizo desaparecer durante su gestión como Regidor. Él mismo, sin embargo, los apuntó:

EXPENDIO DE PAJA Y CEBADA
FONDA AL ESTILO DEL PAÍS

LA INDEPENDENCIA MEXICANA
POR MAYOR Y MENOR

EXPENDIO DE CARNES
DE PEDRO GONZÁLEZ

FONDA DEL PROGRESO
SE GUISA DE COMER

MADAME COUSSIN
RAMERA DE PARÍS

Y otros despropósitos como éste: "La Reforma de la Providencia". Pero si García Cubas censuró los letreros callejeros, les dio alas a los gritos de los pregoneros: "¡Al buen turrón de almendra, entera y molida, turrón de almendra! ¡Hay sebooooo! ¡Jabón de Puebla! ¡Petates de cinco varas! ¡Petates de Puebla! (muy solicitados a pesar del dicho: "Hombre, perico y poblano no lo toques con la mano, tócalo con un palito porque es animal maldito").

Los gritos modernos, los de nuestra época, son también requete bonitos como aquel pregón de los papeleritos anunciando el Zócalo: *¡Mató a su mamacita sin causa justificada!* o el de *Entre fumada y fumada, el General X prohíbe el uso de la mariguana.*

Guillermo Prieto, Francisco Sosa, Ángel de Campo "Micrós", Gutiérrez Nájera retrataron a los tipos populares de la ciudad de México, recogieron sus gritos, su vestimenta y su lenguaje y anotaron con cuidado sus observa-

"OH ESTE VIEJO Y ROTO VIOLÍN"

ciones. José Revueltas habla de la investigación que hizo Enrique Fernández Ledesma de *Los mexicanos pintados por sí mismos*, su nueva edición en 1935, y el descubrimiento de que los autores "anónimos" no eran sino políticos e historiadores de una vastísima cultura. Hilarión Frías y Soto, José María Rivera, Juan de Dios Arias, Ignacio Ramírez, Pantaleón Tovar y Niceto de Zamacóis. Pero yo siempre he recurrido a Ricardo Cortés Tamayo para saber qué le pasa a mi ciudad, sus muchachos, sus perros y sus vagos, sus pirulís y sus muéganos, sus gritones de lotería de cartones y sus ferias de barriada. Él es quien me habla del "tameme" ("y será tu herencia una red de agujeros"), como llamaron los indígenas al cargador, su cincha de ixtle o su mecapal atravesado en la frente, de los sebosos vendedores que antes repartían la mantequilla del estibador y su ágil carretilla, de don Ferruco en la Alameda, los vendedores de medias de popotillo, del "morrongo" de la carnicería, el que cuelga los cuartos de res y la media res y hasta el cochino entero en los ganchos de la carnicería y el que entrega a domicilio el aguayón, el filete, la falda y los pellejos del gato, su mandil enrojecido de sangre. Ricardo Cortés Tamayo es tan sensible y atento que sabe a qué horas se lo lleva a uno la Muerte Rumbera, qué cosa sucedió anoche en la Plaza Garibaldi y por qué son tan ricos los tacos de guisado en Santo Domingo. Lo consulto ávidamente, con reconocimiento y envidia; es el único que escuchó un martes 13 a José Revueltas, crudo y desmañanado, arengar a los perros en el Parque Hundido, es el único que vio al panadero rodearse de pájaros por el solo encanto de su presencia, un muchacho de unos veinticinco años, pálido y delgado, que llevaba sobre la cabeza pintada de harinas una cachucha de panadero. Ricardo lo vio dejar al borde de la fuente de La Alameda su ancha canasta de pan ya vacía, y luego, de pie, cuan largo era, formar con las manos una especie de flauta para imitar los gorjeos y los trinos de los pájaros y finalmente soltar las manos, moverlas en el aire como alas y llamar así a las aves que a los pocos minutos descendieron de las ramas más alejadas y giraron sobre su cabeza. "Lo vi con estos ojos que se ha de comer la tierra." Estoy en deuda con Cortés Tamayo. Nunca he visto nada igual. Nunca, en mi recochina suerte, he tenido esta vida.

Antes el cartero traía uniforme cepillado y gorra azul y ahora ya ni se anuncia con su silbato, sólo avienta las cartas que saca de su desvencijada mochila bajo la puerta y emprende el vuelo en su bicicleta. Antes también entraba a la calle de Gabriel Mancera el afilador de cuchillos empujando su gran piedra montada en un carrito producto del ingenio popular, sin beca del Conacyt, y la iba mojando con el agua de un bote. Al hacerla girar sacaba chispas y partía en el aire los cabellos en dos, los cabellos de la ciudad que en realidad no es sino su mujer; a ella le afila las uñas, se las lima picuditas, le saca brillo a los dientes, le pule las chapas, la contempla dormir y cuando la ve vieja y ajada le hace el gran favor de encajarle un cuchillo largo y afilado que entra en su espalda de mujer recostada como en una mota de mantequilla. Entonces la ciudad llora quedito. Pero ningún llamado más sobrecogedor que el lamento del camotero que dejó un rayón en el alma de los niños mexicanos porque se parece al silbato del tren que detiene el tiempo y hace que los hombres y las mujeres en la milpa levanten la cabeza del azadón y la pala para señalar a su hijo: "Mira el tren, está pasando el tren, allá va el tren; algún día, tú viajarás en tren".

El tren va cargado, cargado ¿de? En ronda recibíamos la pelotita y respondíamos: pinole, garbancitos cubiertos, cacahuates garapiñados, burritos, huesitos de capulín, camotes de Puebla, alegrías, calabazates, pepitorias, marquetas de pepita, cocadas, acitrones, cocos que la vendedora parte con una sonrisa, maíz tostado, frutas cubiertas, tejocotes clavados en una vara como solecitos de oro, barquillos de nieve de limón, chochitos, lagrimitas, gomitas. (Hoy pediríamos puras cosas picosas, chamóis, tamarindos enchilados, jícamas, naranjas y mangos verdes partidos y salados.) Pero a mí, de niña, ninguno me impresionó tanto como el cargador o mecapalero o tameme, porque acompañé a mi abuelita Lulú Amor a La Merced a comprar un ropero de dos lunas (empañadas para no ver los recuerdos) y éste lo trajo a la casa (desde el centro hasta La Morena esquina con Gabriel Mancera) montado en su lomo, quebrándole la espalda, sostenido sólo por el mecapal, doblado en dos, deteniéndose apenas en las esquinas para levantar la vista y ver por dónde, a trote y trote. Uno le podía decir a cualquier cargador: "Quiero que me lleve esta cama a las calles de la Luna y del Sol" y él se iba solito caminando, el mundo sobre sus hombros, y si no llegaba (porque se perdía o se había desbarrancado) uno podía ir como Orfeo al infierno de la Delegación a denunciarlo: "Pues mire licenciado, fíjese usted que el cargador número tantos no llevó las seis sillas, la cómoda, el ropero de pino blanco que cargó en La Merced a las once del día". Todos los cargadores tienen credencial y al primer mal paso, no se la resellan. En Jalapa, Juanote es un mecapalero muy fuerte a quien le encantan los conciertos de la Sinfónica de Jalapa (la Sinfónica de Jalapowski —le dicen— porque el 80 por ciento de los músicos son polacos). Juanote lleva puesta su placa con un número de registro para que las autoridades sepan que es cargador, aunque bien podrá antojársele salir de la sala de conciertos con el piano a cuestas, el arpa y el chelo, así como el alma pesada de secretos del director de orquesta, lastrada por tantos aplausos, *encores* y violas de amore que a veces vibran por simpatía antes de que el arco las ataque.

A mí el mecapalero se me sentó en el alma porque una vez, en el *Diario de la Tarde,* salió una fotografía de Juan Gil Preciado, gobernador de Jalisco, que a lomo de indio visitaba las zonas devastadas y atravesó así, cargado de caballito sobre otro hombre, muchas calles anegadas. Todavía hoy se inundan los periféricos y los pasos a desnivel, pero en el sexenio de Miguel Alemán las fallas de drenaje en los meses de lluvia hacían que se inundaran las calles de 16 de Septiembre, de Venustiano Carranza, y se instauró un servicio de cargadores que pasaban en brazos a las empleadas del Banco de Londres y México en la esquina de Bolívar y 16 de Septiembre. Pero como las señoritas cajeras no querían que las llevaran exactamente así, en brazos, de frente, de parejita, atravesadas sobre el pecho, apoyándolas sobre el corazón, el cargador tuvo que amarrarse a la espalda una sillita y en ella se trepaban las princesas que por la módica suma de dos pesos se encontraban del buen lado. Si a mí me escandalizó que el gobernador de un estado usara a otro hombre como bestia de carga, las inundaciones en el centro de la ciudad hicieron que los mexicanos se las ingeniaran para transformarse en Carontes y tendieran a sus tripulantes sus fuertes y patrióticos brazos, aunque a éstos se les ocurriera incluso regatear: "¡Ay, mire, que sea un tostón, fíjese que no peso nada!" Los mecapaleros se subían los pantalones hasta acá y se ofrecían en la esquina de 16 de Septiembre:

—¿Lo paso, joven, lo paso joven?

Y los que tenían mucha prisa y no querían mojarse, se montaban sin más en otro cristiano y así evitaban quitarse los zapatos y enrollarse los pantalones a media calle:

> Vayan entrando
> Vayan bebiendo
> Vayan pagando
> Vayan saliendo

Tal es el letrero que el dueño de La Sonámbula, Expendio de Pulques Finos, colgó encima de su mostrador porque por disposición de la "autoridá" a los bebedores les estaba prohibido permanecer en las pulquerías. "Órale, circulen." Se llamaban muy bonito: Semíramis, La Norma, La Sultana, La Reina, La Valiente, Pulquería de Sancho Panza, Mi Oficina, Pulquería del Moro Valiente, Orita Vuelvo, Aquí ni mi Suegra Entra. Edward Weston, que habría de sucederles en sus fotos a Lupercio y al norteamericano Waite, estableció en su diario de México una lista de nombres de pulquerías mientras Tina Modotti (a quien le encantaba la canción "Borrachita me voy") retrató a una mujer tirada en la banqueta frente a la advertencia "Prohibido el paso a mujeres y a vendedores ambulantes". Entre los nombres recogidos por Weston están: La Esperanza en el Desierto, Las Glorias de Juan Silveti, Las Primorosas, La Muerte y la Resurrección, Sin Estudio y Un Viejo Amor. Pero ninguno tan sugerente como el de Los Recuerdos del Porvenir. Jesusa Palancares habla de los efectos del pulque y cuenta que un día andaba por La Merced y al pasar frente a una pulquería, El Atorón, vio a una muchacha muy joven, muy chapeada arrullando a su criatura "y toda mosquienta, toda fea y vomitada. Ella seguía meciendo a su criatura pero de tan tomada se quedó bocabajo y en la botada devolvió encima de la niña. Por pura casualidad pasé yo por allí y la voy mirando. Entonces me dio horror. Dije: ¿A ese

"POR LA PRESENTE, LO MANDO SALUDAR..."

grado voy a llegar? ¡No, Dios mío! ¡Hazme la caridad de quitarme de la bebida!"

Nada de "maldito vicio que no me deja". A las pulquerías las pintaban con cortinajes, cordeles dorados, flecos, borlas, abanicos y paisajes, puestas de sol, palmeras y pavo reales y las bautizaban El Judío Errante o Un Viaje en un costado, Al Japón, en el otro. Casi todas las pulquerías eran esquinas y el Japón suscitaba la magia del Oriente aunque en la pintura mural de la pulquería Un Viaje al Japón el ambiente fuera más bien versallesco, de largos cortinajes a rayas, guirnaldas y colguijes refulgentes como las tiendas que los sheiks de Arabia instalan en el desierto. Todavía hoy, una pulquería, El Gran Tinacal, Pulques Supremos, tiene murales de suntuosos cortinajes y sigue a la orden del día la imagen de la pulquería como oasis en el desierto. En la

Zona Rosa, en la calle de Londres para más señas, una lujosa pulquería con mullidos asientos ofrece el curado de fresa, el de apio y los turistas acuden como a la Fonda del Refugio porque es una curiosidad iniciarse en la comida mexicana sobre un mantel de papel de china frente a un ramo de banderas de papel picado. El pato en pipián y el "mancha manteles" se sirven en loza de Tzintzuntzan y el pulque curado de tuna o de piña en elegantes "tornillos" frente a bodegones y pinturas *naïf* que recuerdan las haciendas pulqueras de los llanos de Apam.

Las calles de México están salpicadas de pulquerías pero éstas no se reconocen porque "la autoridá" no permite que se les pongan letreros llamativos. Las combate ante todo por prejuicio social, porque el pulque es la bebida de la gente pobre, la gente baja, sin agraviar a los presentes, y "la autoridá" decidió de golpe y porrazo que era más respetable tomar cerveza y se empeñó en ponerles trabas a la venta y al consumo del pulque al mismo tiempo que impulsaba con lujo de propaganda la venta de cerveza aunque a veces la cerveza tiene más alcohol que el pulque. Antonio García Cubas cuenta que el pulque de nauseabundo olor se traía en sucios odres de cochino, a lomo de burro o de mulas y se indigna: "Sucio el licor, sucios los barriles, sucio el conductor, sucio el medidor y sucias las tinas. Parece increíble que tanta mugre produzca tanto dinero". La "autoridá" argumentó que el pulque no estaba preparado higiénicamente, que los tlachiqueros extraían el agua miel con la boca (pero ¿a poco los franceses no aplastaban las uvas con los pies?) y que todo lo que sucedía dentro de una pulquería, voy a partirles toda su pinche madre, era prosaico y vulgar. Una serie de reglamentos hubieran impuesto la limpieza que se les exigió en un principio a las cervecerías (aunque algunas con su serrín mal barrido son también muy sucias), pero sobre el pulque pesaba la maldición del "tlachicotón con moscas" y la condena social. En El Espía del Gran Mundo, como se llamó una pulquería de entonces, los pulqueros atendían con su "panza de pulquero" y en mangas de camisa. El pulque es la bebida de los pelados, del arrabal, la del manazo en la boca: "Niño tienes boca de cargador"; los cargadores beben pulque como lo hacen todos los pobres.

Frida Kahlo hizo que sus alumnos pintaran, con azul añil y rosa mexicano, murales en la pulquería La Rosita en una esquina de Coyoacán, pero al año, el dueño la mandó blanquear por miedo a alguna sanción. Si la pintura pulquera ha desaparecido bien pronto se esfumarán también los gusanos de maguey. Sólo en Prendes, a cambio de 450 pesos, le dan a uno un puñadito de crujientes gusanos que saben a pollo. O de larvas de hormiga, ¡oh rareza sin igual, manjar, delikatessen!, muy parecido al platito de hormigas rojas que bajo campana le sirven en la película *Perro mundo* a una "poor little rich girl" parecida a Barbara Hutton en el restaurante más caro de Nueva York: el Lutèce. ¡Qué cosas!

Si los gusanos de maguey han quedado muy lejos del consumo popular y hoy están por los cielos, si las pulquerías son las parientes pobres y vergonzantes de las cantinas, algunas de estas últimas ostentan divanes forrados de rico brocatel, consolas y una señorita que en la entrada recibe los abrigos y otra igual de mañosa que vende los cigarros y puros. En La Ópera, las caballerizas dan una sensación de opulencia asiática y el excusado sobre una plataforma en el "Tocador de Damas" es casi un trono frente al gran espejo de baño enmarcado en oro. La Ópera nada le pide a la casa de Irma Serrano aficionada al terciopelo y al *moiré antique*. Antonio García Cubas cuenta que los niños bien o los jóvenes ricos hijos de papá se reunían a planear su futuro, frente a los espejos, candiles e iluminaciones modernas (luces de plafón), las botellas engarzadas como joyas en el mostrador, en torno a las sillas de madera y alambrón del *bar room*. Estos mocitos se llamaban pisaverdes, mequetrefes, petimetres, catrines, rotos, currutacos y lagartijos y cumplían al pie de la letra la canción del pastelero:

> Si quisiereis prosperar,
> Catrincitos en la vida,
> Sacudid a los de abajo
> Y adulad a los de arriba

Un mesero de filipina que parecía estatua de sal los atendía en menos de un suspiro y ellos no se juntaban con los "léperos", la turba de granujas que aturden con su gritería, los borrachines que cantan:

> Que estoy borracho dice la gente,
> que estoy borracho con aguardiente
> Me enamoré de una beata ¡Ay sí!
> por tener un amor bendito ¡Ay no!
> La beata se condenó ¡Ay sí!
> y a mí me faltó un poquito ¡Ay no!
> ¡Ay qué susto tenía yo! ¡Ay sí!
> ¡Sentado en un rinconcito!

Después los lagartijos, los catrines, los rotos, los currutacos se iban a los toros, pero de toros y toreros sé tan poco que sólo se me grabó este verso:

"CANASTOS, TOMPEATES, DE MIMBRE, DE TULE"

A una niña allá en los toros
diole muy fuerte vahído
porque al ver salir el toro
pensó que era su marido.

Por estas calles del centro pulula el pueblo taquero, tortero, pozolero, empinarrefrescos; en cada esquina hierve un perol, humea un bote de tamales, un anafre o un sartén grande colmado de aceite. Adentro crujen los pambacitos, las enchiladas, los tacos, las tostadas, las garnachas, el chorizo y la longaniza. La calle es la inmensa entraña de la tierra, una cavidad sangrienta y revuelta llamada Manuel Payno, Correo Mayor, Tabaqueros, Rodán, Justo Sierra, Belisario Domínguez, Luis González Obregón, Donceles, Santa María La Redonda, la Candelaria de los Patos, Francisco González Bocanegra, Leandro Valle, Tacuba, Uruguay y República de Cuba. "Dime lo que comes y te diré quién eres." ¡Ay yo como puros merengues, yemitas y pedos de monja!, dice la fina de Finita. ¡Ay, pues yo como huevos reales, camotes cubiertos y caramelos de esperma (¡Ah, jijos, qué sería eso!), le responde Cuquita la santurrona. Si uno es lo que come, debo confesar con toda humildad que perdí un novio cuando llevé tortas de moronga escurriendo Mobil Oil a un día de campo en vez de los delgadísimos sandwiches de berro que deben extraerse de la canasta de picnic junto al mantel a cuadros y los vasitos de plata, llamados *gobelets* en francés. Lo cierto es que las tripas de los mexicanos son callejeras, llenas de baches y de prohibido el paso. Los mexicanos taqueros le tupen a los de maciza y a los de nenepil, los de buche y los de oreja, los de trompa y los de moronga. (En San Cristóbal, Chiapas, venden las cabezas de los cochinos y las colas de res ensartadas en un palo y salen a la calle a gritar: "Rostro de Cohi".) ¡Pueblo taquero! ¡Tacos joven!, vamos a echarnos un taco, te disparo un taco, ahora los hay al pastor, al carbón, tacos de hongos, de rajas con crema, de chuleta, de bistec, de higaditos, chicharroncito, carnitas, cueritos, gorditos, escurriendo tuétano. En México la taquería es un negocio que no tiene pierde; todos, albañiles, voceadores, pepenadores, basureros, violinistas, camioneros, monjas, periodistas, taquimecanógrafas, historiadores, coristas, estudiantes, peluqueros, toreros, mariachis, floristas, astrónomos y Carlos Monsiváis, todos le entramos a la taqueada, todos comemos tacos, todos los arrebatamos con la mano, los tragamos de prisa, nos chupamos los dedos porque están siempre de chuparse los dedos, barriga llena, corazón contento, barriga mantecosa y bien lubricada, repleta de cilantro y de perejil, corazón encendido de amor patrio, de México lindo y querido si muero lejos de ti, porque ¡Viva México, hijos del taco! ¡Viva México, hijos de la garnacha! Ahora en pleno 1982, en San Diego California, hay un Taco Tower, edificio de múltiples departamentos que conforman una torre comprada íntegramente por mexicanos que convirtieron sus billetes en dólares y los hicieron rollito chiquito, chiquito para meterlos a los Estados Unidos. Si quieren seguir comiendo antojitos y tacos tendrán que traerlos de nuevo en un tambache de míseros pesos aunque, a la hora de la verdad, sus tacos los pidan, sin agraviar a los presentes, de político al pastor, diputado al carbón, senador picadito, presidente latinoamericano en mole rojo y cardenal con todo y arzobispos en mole verde, cada quien en una plácida cazuela dispuesta a permanecer mucho tiempo en la lumbre, porque ya no se cuecen de un hervor por más aplaudidos que estén. ¡Tacos Cuauhtémoc! ¡Tacos Cuauhtémoc! ¿De qué son esos tacos?

—Pues de pata, buey.

Antonio García Cubas relata cómo se iniciaba la vida en esta ciudad cuando aún no sonaba en la Catedral "el toque del alba contestado por el de las sonoras campanas de los templos de La Merced, San Agustín, Santo Domingo y San Francisco que ya se oía el estridente ruido de las pesadas diligencias que partían a las cuatro de la mañana del callejón de Dolores, hoy primera de la Independencia. Una, la del Interior, se dirigía a Tepic por Cuautitlán, Tepeji, Soyaniquilpa, Arroyozarco, San Juan del Río, Querétaro, Celaya, Salamanca, Irapuato, Guanajuato, Silao, León, Lagos, San Juan de los Lagos, Pequeros, Tepatitlán, Zapotlanejo, Guadalajara y Tequila y la otra para Veracruz: por Río Frío, Puebla, Perote y Jalapa. La primera empleaba en su carrera siete días y la segunda tres y medio".

Hoy, leerlo resulta inverosímil porque García Cubas habla a continuación de las vacas que se dirigían a las plazuelas para ser ordeñadas en público y eran las primeras en interrumpir con su mugido el silencio de la noche. Leo esto con incredulidad porque me parece tan improbable como las declaraciones de los hermanos Sabines, uno poeta, Jaime, y el otro político, Juan, que en los sesenta ordeñaban sus vacas en los establos de la periferia del Distrito Federal para ir a repartirla: "¡La lecheeee!", y dejar las botellas en el quicio de la puerta acompañadas de un poema sólo para señoras solas.

"Si el sereno de la esquina me quisiera hacer favor." Los serenos se retiraban de las esquinas y se iban a dormir y los sirvientes corrían a buscar las primeras provisiones para sus amos. El bullicio crecía con los gritos de los vendedores ambulantes.

"Carbó siú", voceaba el indio otomí, que por lo tiznado se asemejaba a un etíope.

"Mantequilla de a real y medio", repetía sin cesar otro indio que llevaba a espaldas en un huacal su mercancía.

"El vendedor de trastos de loza ordinaria, procedentes de Cuautitlán."

"La lavandera que apenas podía abarcar bajo del brazo un cesto en que llevaba ropa menuda para lavar, o bien, veíase cargando sobre los hombros media docena de enaguas que iba a entregar a la casa donde prestaba sus servicios." (La lavandera tallaba la ropa en una batea de madera que escogía de entre la producción del vendedor ambulante.)

El de la leña tocaba de puerta en puerta, su leña amontonada sobre dos burros agobiados bajo el peso; extraía de un oloroso manojo el ocote, único capaz de encender la fogata. El carbonero ya no existe ni el vendedor de petates ni la redonda vendedora de cocos que los hacía rodar como nuestra cabeza. Tampoco hay tule para entular las sillas y se acabó el grito: "Tule para las sillas", "Tule para entular", "Sillas para entular". Hace años que no veo por mi calle un abonero ni un vendedor de plumeros, escobas, sacudidores y sillitas. Ya no hay payasos de barriada ni zapateros remendones sentados en su banquito, todos clavados de zapatos. Se fueron para no volver. Antes se escuchaba el grito: "Cambio ropa por melcocha", un líquido de azúcar oscura que canjeaban por ropa. En realidad es melaza que la vendedora levantaba con su cucharón para ver si estaba en su punto de espesura y galanura. De ahí el dicho: "la calidad de la melcocha".

También están extinguiéndose todos los oficios ligados a la charrería, los arreos de los caballos, sus arneses, los fierros para los herrajes, las lujosas sillas de montar, los fuetes, los cinchos y cinturones, la talabartería pues, el cuero de México que tenía fama de bien curtido, muy fino y fácil de trabajar. Muy pocas asociaciones mantienen la tradición de la charrería porque se necesita mucho dinero no sólo para criar un caballo sino para vestirlo en los días de fiesta y vestirse a sí mismo de charro.

Un sastre especializado es el que hace la ropa de charro con cortes muy particulares, atiborrado de detalles elaborados que requieren horas de trabajo. Los hay suntuosos y lucidores a morir como el traje de Emiliano Zapata con botonaduras de plata cosidas sobre el más fino paño negro. Y para mayor desgracia, en el campo de México ya ni burros hay, nadie los quiere. Todos prefieren el coche, aunque sea una carcacha, a darle de comer a un burro. A propósito de burros en una pulquería de ésas de "Hoy no se fía mañana sí" pintaron a uno con el hocico abierto y el siguiente bramido: "Hu, hu, huuuuuuu. Un candidato a diputado".

Si lo primero que hacen los que llegan del campo a la ciudad es volverse vendedores ambulantes, también hay oficios estables traídos de la provincia:

"ENTRE FUMADA Y FUMADA EL
GENERAL X PROHÍBE LA MARIGUANA"

se instala una accesoria o en el terreno de al lado surge la herrería con su horno y su forja y todo el día se escucha el martilleo sobre el fierro que es uno de los símbolos del bello esfuerzo humano. Antes de que accediéramos a la industrialización, nuestra sociedad era artesanal, los artesanos hacían lo que necesitábamos (en España, la Ley de los oficios y las artesanías considera al peluquero un artesano igual que el alfarero o el talabartero). Por ejemplo los tlachiqueros se convirtieron en obreros en Ciudad Sahagún y se pusieron a fundir carros de ferrocarril y a ensamblar partes de coches. En el Distrito muchos artesanos quisieron conservar su calidad de gremios con su santo de devoción, los carpinteros su fiesta a San José con la procesión por las calles del centro. Los dulceros hacían sus dulces en casa, según la receta antigua, de piñón y leche quemada, vainilla y canela y salían a venderlos a la calle así como los sopes, las dobladitas, las enfrijoladas, la comida casera. Había en ellos un afán por conservar su vida pueblerina, tranquila y hacendosa, pero las grandes ciudades suelen triturar a los hombres y convertirlos en carne picada. La marquesa Calderón de la Barca que por lo visto no sabía que todo sirve, hasta lo que no sirve, consigna con espanto una calle donde se hacinaban los mestizos, gente pobrísima, casi encuerada, tirada bajo los portones, que se alimentaban con la basura de los mercados. Aparecen en las litografías, andrajosos y descuacharrangados y la leyenda los nombra "los léperos". Los ciudadanos, la gente decente, les tenían miedo, no fueran a asaltarlos. Eran los teporochos. Los descastados, los sin casa, los sin padres, los rencorosos, los buenos para nada. Oiga valedor es malo no saber quién es su padre ni su madre de uno, ni nada. Después se vive azorado como los guajolotes, sin saber para dónde voltear. Así en la calle permanecían "los léperos", todos por ningún lado, hechos bola, sin mañana, sólo la noche. Parecían pedazos de noche oscura y sin estrellas. Vivían en lo negro, bajaban jadeando a lo negro y se dormían sin saber qué día era; de hecho, nunca sabían los días, sólo los acompañó el ruido de la ciudad, ese inmenso hervor que proviene de los hombres. No iban a la Profesa para pedir limosna: "Ave María Purísima, una bendita caridá para este pobre ciego" o "Una limosna por el amor de Dios", ni al Buen Tono ni a San Francisco o San Fernando porque ellos no eran mendigos. Que Dios se los pague. Dios les dé más.

Sin sus costumbres populares, sus marchantes y sus tamaleras la ciudad no tendría razón de ser. Claro, están los palacios de tezontle del centro, el Ángel de la Independencia, el Paseo de la Reforma, Madero que desemboca en el Zócalo y nos quita el resuello porque nos encontramos de pronto ante la plaza más bella del mundo, Santo Domingo, que parece una paloma blanca caída del cielo, la Catedral, el azul vidriado de la Casa de los Azulejos, la Santa Veracruz y San Antonio que se sientan frente a frente para viajar en tren, la avenida Álvaro Obregón con los globos iluminados de sus reverberos, Chapultepec, su Lago y su Castillo, Coyoacán, San Ángel, Chimalistac, la Plaza de la Conchita; pero sin sus tipos populares, sin el envaselinado de los toques enfundado en su camiseta negra, sin el globero (el de Coyoacán se hace acompañar siempre por su hija, una niña de luminosos ojos negros que corre a tenderle a uno el globo, su pelo flotando en el aire), sin el algodonero, sin la vendedora de pepitas y el ropavejero ¿qué sería de nosotros? Sólo de oírlos anunciar su presencia en la calle, sólo sus gritos familiares tranquilizan como el "ya, ya, ya, ya, mira, ya pasó" de la madre que levanta a su hijo en brazos, sólo la certeza de que "allí están" le da a nuestra vida su sabor de barriada, de tortilla caliente, de vida de a de veras.

¿Qué haríamos sin ellos? Entonces sí que bajaría la calidad de la melcocha.

Es el afilador de cuchillos, el camotero, el barrendero, el cartero, la criadita que riega la calle quienes sostienen a la ciudad en sus brazos, la mecen, la acunan, le dan su razón de ser. Toda una tradición artesanal respalda al vendedor de sombreros de palma tejidos dentro de una cueva caliente en Becal, Campeche, y humedece la paja para que pueda doblarse. Allá se hacen los llamados "Panamás" y las bolsas y los morrales flexibles. Los mexicanos somos sombrerudos; es el sombrero el que corona nuestras ideas, las viste, las encopeta, vamos bajo nuestros sombreros como bajo un techo que nos ataja del sol, los revolucionarios tenían sombrero y rifle, podían andar sin cabeza pero no sin sombrero, podían andar de cabeza como quien juega a la gallina ciega testereándose aquí y allá, unos contra otros, arreándose con el sombrero, cantando bajo el sombrero sonoras sus cuerdas de paja, a galope bajo el sombrero, el sombrero cerrándoles piadosamente los ojos a la hora de la verdad.

Toda una tradición artesanal se yergue también tras el planchado y almidonado del cuello de las camisas blancas y hay que saber darle el punto exacto de exquisitez a los tamales, al buñuelo de oro, a la miel de piloncillo, a las frutas cubiertas. Todo tiene su maña, su secreto. Si no es cosa de enchílame otra. El pambazo a punto de estallar con la dosis exacta de chorizo y de papa es obra del cuidado y del buen sentido como la torta caliente que surge de la telera rebanada en dos de un tajo a la que el tortero rápidamente le quita el migajón para embarrarle, cual prestidigitador, en un lado los frijoles con una palita de madera, en el otro la crema espesa, luego el aguacate a cucharadas como mantequilla verde, los trozos de pierna en abundancia, o las rebanadas de jamón, el reluciente chorizo, la cebolla, la lechuga picada, el chipotle, el queso blanco fresco, para rematar con las rajas, el chilito a gusto del cliente. La humeante locomotora que rueda pesadamente con su hornaza chisporroteante de camotes y plátanos deshaciéndose en caramelo es una verdadera proeza de la tecnología casera y sus láminas y su silbato de fogonero deberían estar archivados en la fonoteca de México o de perdida en el Archivo General de la Nación. El panadero que lleva en la cabeza su gigantesca canasta repleta de pan dulce y logra cruzar el oleaje embravecido de la ciudad es sólo equiparable a Charles Lindbergh en su vuelo interoceánico. Y el cilindro que el cilindrero acomoda sobre un largo bastón en la puerta del Café Brasil en Bolívar es tan hermoso con sus bordes esculpidos, sus adornos y la roja tela de su bocina como el rollo musical que gira en su interior traído de Alemania y que toca "Alejandra" y "Club Verde".

Si las tortillas son palmeadas redondas y delgadas y tienen su justa pro-

283. A moving furniture store in Mexico   Waite Photo.

"SON 2.75 PATRONCITO YA VE QUE ME VINE DEL CENTRO"

A TINA MODOTTI TAMBIÉN LA CONMOVIERON LOS OFICIOS POPULARES

porción de maíz y agua de cal, si los buñuelos son frágiles y ligeros como grandes hostias del sol, si la ropa está primorosamente planchada y almidonada, si los sombreros tejidos se adaptan hasta a las cabezotas de los yucatecos es porque en el fondo de nuestra herencia yace la tradición indígena, la del buen alfarero, la del pintor que logra un perfecto acabado, la niña azteca a quien le pincharon las manos con una espina de maguey o la castigaron haciéndola llorar frente al humo del chile para enseñarla a "muy bien hechecita". Los consejos del padre náhuatl a su niñita, criaturita, tortolita, tiernecita y bien alimentada tienen mucho que ver con la costura bien acabada, los remaches en su lugar, la cuña del mismo palo para que apriete, el día empleado en obras que son amores, y el orden que dicta que hay un sitio para cada cosa y un tiempo para cada acto. Son los tipos populares los que mejor han comprendido que nada dura, todo pasa, todo se lo lleva el tiempo. Por eso nada quieren acumular. Alguna vendedora ambulante a quien un cliente pretendió comprarle toda su mercancía se negó: "Y después ¿qué hago?" Recorrer la ciudad es todo su amor, aunque ésta los traiga a mal traer, los tire a lucas, se haga de la vista gorda, los mal pague. Tercos, los tipos populares siguen enamorándola ahora sí que como dice la canción:

¿Qué te ha hecho mi corazón   Ni contigo ni sin ti
para que así lo maltrates?   mis males tienen remedio;
Si lo has de herir poco a poco   contigo porque me matas
mejor será que lo mates.   y sin ti porque me muero.

A veces la toca el violinista callejero, el indito con su niña, el del sombrero de otate, el del morral, el que empuña su instrumento en cualquier plaza de pueblo, se lo pone bajo el mentón y toca reposadamente los ríspidos sonidos que nos enchinan el alma, con sus dedos sarmentosos pisando las cuerdas de gato (los violinistas de la calle casi siempre son viejos) y haciéndolas tremolar. Rompen el aire con un sonido misericordioso y doliente.

De que todos tenemos un violinista adentro lo dice una cuerda gastada que a veces se nos revienta en la pura congoja; aquel sonido que de pronto en la calle nos cercena la mañana, nos arde en los ojos, nos dice que esa musiquita la oímos hace muchos años, que es apenas la frase en la sonata de Vinteuil que Proust congeló para siempre en su búsqueda del tiempo perdido. ¡Qué inclemente es el violinista callejero, con su pantalón de miseria y su arco del triunfo sobre las cuerdas! El corazón me da un vuelco y dejo la escritura, bajo corriendo a la calle, su música es más terca, más rejega que todas las mulas de la tierra, y más impredecible.

"¡Oh este viejo y roto violín!", cantó León Felipe. "¡Qué mal suena este violín! /Con este mismo violín roto /voy a tocar para mí mismo /dentro de unos días 'Las golondrinas' /esa canción ¡tan bonita! que los mexicanos cantan siempre /a los que se van de viaje".

A mí me gustaría que me tocaran "Las golondrinas" en una mercería. Abriría cajones gastados para sacar los carretes de hilo, alfileres, imperdibles, devanadores; mediría el encaje bueno, bonito y barato; platicaría con el vendedor de velas de sebo y de parafina y con el aguador que me contaría que hoy no aguanta el espinazo porque al no encontrar agua en la Fuente del Salto del Agua tuvo que ir a la de la Tlaxpana para llenar su chochocol. Y luego me sentaría a escuchar la campanilla de la caja registradora, su brusca cerrazón y en la noche bajaría la cortina para ponerle candado e ir a mi casa en cuya ventana al lado del letrero "Comunismo sí, Cristianismo no" habría yo colocado la advertencia en claras letras de molde: "Se hace *troutrou*" o "Se forran botones" o "Se visten Niños Dios", oficio de las señoritas quedadas que prefirieron sentarse junto a la ventana y vestir un Niño de Atocha con todo y guaje a desvestir un borracho que las hiciera guajes.

Pero como Dios no cumple antojos, no endereza jorobados ni les da alas a los alacranes ponzoñosos, a lo mejor me quedo con las ganas de ser dependienta de una mercería. Lo único que le pido y esto no es difícil que me lo conceda es que me permita acompañar al último guajolote (Maximiliano, pobrecito, le decía "huacholote" porque todo lo pronunciaba en francés) y me deje caminar con él, por estas calles de Dios, las calles de mi ciudad, hasta que se me endurezcan las corvas y se me nublen los ojos y vaya yo echando los bofes como el sargento Pedraza en una improbable olimpiada, llenos los oídos de pregones y de gritos, de ofertas y de cantilenas, de México, México, rarrarrá. (¡Ah, y en la panza un taquito de maciza!)

(1982)

*

Vida y muerte de Jesusa

✳

(1)

Allí donde México se va haciendo chaparrito, allí donde las calles se pierden y quedan desamparadas, allí vive la Jesusa. Por esas brechas polvosas la patrulla ronda todo el día con sus policías amodorrados por el calor. Se detiene en una esquina durante horas. La miscelánea se llama El Apenitas. Los guardianes del orden bajan a echarse una "fría"; el hielo ya no es más que agua dentro de las hieleras de Victoria y Superior y en ellas nadan cervezas y refrescos. El cabello de las mujeres se apelmaza en las nucas, batido en sudor. El sudor huele a hombre, huele a mujer, asegún. El sudor de la mujer huele más. El sudor moja el aire, la ropa, las axilas, las frentes. Así como zumba el calor, zumban las moscas. Qué grasiento y qué chorreado es el aire de ese rumbo; la gente vive en las mismas sartenes donde fríe las garnachas y las quesadillas de papa y flor de cabalaza, ese pan de cada día que las mujeres apilan en la calle sobre mesas de patas cojas. Lo único seco es el polvo y algunas calabazas que se secan en los techos.

Jesusa también está seca. Va con el siglo. Tiene setenta y ocho y los años la han empequeñecido como a las casas encorvándole el espinazo. Cuentan que los viejos se hacen chiquitos para ocupar el menor espacio posible dentro de la tierra después de haber vivido encima de ella. Los ojos de la Jesusa, en los que se distinguen venitas rojas, están cansados; alrededor de la niña, la pupila se ha hecho terrosa, gris, y el color café muere poco a poco. El agua ya no le sube a los ojos y el lagrimal al rojo vivo es el punto más álgido de su rostro. Bajo la piel tampoco hay agua, de ahí que Jesusa repita constantemente: "Me estoy apergaminando". Sin embargo, la piel permanece restirada sobre los pómulos salientes. "Cada vez que me muevo se me caen las escamas." Primero se le zafó un diente de enfrente y resolvió: "Cuando salga a algún lado, si es que llego a salir, me pondré un chicle, lo mastico bien y me lo pego".

*

—¿Qué se trae? ¿Qué trae conmigo?

—Quiero platicar con usted.

—¿Conmigo? Mire, yo trabajo. Si no trabajo, no como. No tengo campo de andar platicando.

A regañadientes, Jesusa accedió a que la fuera a ver el único día de la semana que tenía libre: el miércoles de cuatro a seis. Empecé a vivir un poco de miércoles a miércoles. Jesusa, en cambio, no abandonó su actitud hostil. Cuando las vecinas le avisaban desde la puerta que viniera a detener el perro para que yo entrara decía con tono malhumorado: "Ah, es usted". Me escurría junto al perro con una enorme grabadora de cajón, sentía el aliento caliente en los tobillos y sus ladridos tan hoscos como la actitud de Jesusa.

La vecindad tenía un pasillo central y cuartos a los lados. Los dos "sanitarios" sin agua, llenos hasta el borde, se erguían en el fondo; no eran "de aguilita", eran tazas y los papeles sucios se amontonaban en el suelo. Al cuarto de Jesusa le daba poco el sol y el tubo del petróleo que queman las parrillas hacía llorar los ojos. Los muros se pudrían ensalitrados y, a pesar de que el pasillo era muy estrecho, media docena de chiquillos sin calzones jugueteaban allí y se asomaban a los cuartos vecinos. Jesusa les preguntaba: "¿Quieren un taco aunque sea de sal? ¿No? Entonces no anden de limosneros parándose en las puertas". También se asomaban las ratas.

Por aquellos años Jesusa no permanecía mucho tiempo en su vivienda porque salía a trabajar temprano a un taller de imprenta en el que aún la emplean. Dejaba su cuarto cerrado a piedra y lodo, sus animales adentro asfixiándose, sus macetas también. En la imprenta hacía la limpieza, barría, recogía, trapeaba, escurría los metales y se llevaba a su casa los overoles y en muchas ocasiones la ropa de los trabajadores, la del diario, para doblar jornal en su lavadero. Al atardecer regresaba a alimentar sus gatos, sus gallinas, su conejo, a regar sus plantas, a "escombrar su reguero".

La primera vez que le pedí que me contara su vida (porque la había escuchado hablar en una azotea y me pareció formidable su lenguaje y sobre todo su capacidad de indignación) me respondió: "No tengo campo". Me señaló su quehacer, los overoles amontonados, las cinco gallinas que había que sacar a asolear, el perro y el gato que alimentar, los dos pajaritos enjaulados que parecían gorriones, presos en una jaula que cada día se hacía más chiquita.

—¿Ya vio? ¿O qué usted me va a ayudar?

—Sí —le respondí.

—Muy bien, pues meta usted los overoles en gasolina.

Entonces supe lo que era un overol. Agarré un objeto duro, acartonado, lleno de mugre, con grandes manchas de grasa, y lo remojé en una palangana. De tan tieso, el líquido no podía cubrirlo; el overol era un islote en medio del agua, una roca. Jesusa me ordenó: "Mientras se remoja, saque usted las gallinas a asolear a la banqueta". Así lo hice, pero las gallinas empezaron a picotear el cemento en busca de algo improbable, a cacarear, a bajarse de la acera y a desperdigarse en la calle. Me asusté y regresé volada:

—¡Las va a machucar un coche!

—Pues ¿qué no sabe usted asolear gallinas? ¿Qué no vio el mecatito?

Había que amarrarlas de la pata. Metió a sus pollas en un segundo y me volvió a regañar:

—¿A quién se le ocurre sacar gallinas así como así?

Compungida, le pregunté:

—¿En qué más puedo ayudarla?

—¡Pues eche usted las gallinas a asolear en la azotea aunque sea un rato!

Lo hice con temor. La casa era tan bajita que yo, que soy de la estatura de un perro sentado, podía verlas esponjarse y espulgarse. Picaban el techo, contentas. Me dio gusto. Pensé: "Vaya, hasta que algo me sale". El perro negro en la puerta se inquietó y Jesusa volvió a gritarme:

—Bueno, ¿y el overol qué?

Cuando pregunté dónde estaba el lavadero, la Jesusa me señaló una tablita acanalada de apenas veinte o veinticinco centímetros de ancho por cincuenta de largo:

—¡Qué lavadero ni qué ojo de hacha! ¡Sobre eso tállelo usted!

Sacó de abajo de su cama un lebrillo. Me miró con sorna: me era imposible tallar nada. El uniforme estaba tan tieso que hasta agarrarlo resultaba difícil. Jesusa entonces exclamó:

—¡Cómo se ve que usted es una rota, una catrina de esas que no sirven para nada!

Me hizo a un lado. Después reconoció que el overol debería pasarse la noche entera en gasolina y, acto seguido, ordenó:

—Ahora vamos por la carne de mis animales.

—Sí, vamos en mi vochito.

—No, si aquí está en la esquina.

Caminó aprisa, su monedero en la mano, sin mirarme. En la carnicería, en contraste con el silencio que había guardado conmigo, bromeó con el carnicero, le hizo fiestas y compró un montoncito miserable de pellejos envueltos en un papel estraza que inmediatamente se volvió sanguinolento. En la vivienda aventó el bofe al suelo y los gatos, con la cola parada, eléctrica, se le echaron encima. Los perros eran más torpes. Los pájaros piaban. De tonta, le pregunté si también comían carne.

—Oiga, pues ¿en qué país vive usted?

Pretendí enchufar mi grabadora: casi un féretro azul marino con una bocinota como de salón de baile y Jesusa protestó: "¿Usted me va a pagar mi luz? No ¿verdad? ¿Qué no ve que me está robando la electricidad?" Después cedió: "¿Dónde va usted a poner su animal? Tendré que mover este mugrero". Además, la grabadora era prestada: "¿Por qué anda usted con lo ajeno? ¿Qué no le da miedo?" Al miércoles siguiente volví con las mismas preguntas.

—Pues ¿qué eso no se lo conté la semana pasada?

—Sí, pero no grabó.

—¿No sirve pues el animalote ese?

—Es que a veces no me doy cuenta si está grabando o no.

—Pues ya no lo traiga.

—Es que no escribo rápido y perderíamos mucho tiempo.

—Ahí está. Mejor ahí le paramos, al fin que no le estamos ganando nada ni usted ni yo.

Entonces me puse a escribir en un cuaderno y Jesusa se mofaba al ver mi letra: "Tantos años de estudio para salir con esos garabatos". Eso me sirvió porque, de regreso en mi casa por la noche, reconstruía lo que me había contado. Siempre tuve miedo de que el día menos pensado me cortara como a un novio indeseable. No le gustaba que me vieran los vecinos, que yo los saludara. Un día que pregunté por las niñas sonrientes de la puerta, Jesusa, ya dentro de su cuarto, aclaró: "No les diga niñas, dígales putas, sí, putitas, eso es lo que son".

Un miércoles encontré a la Jesusa envuelta en un sarape chillón, rojo, amarillo, verde perico, de grandes rayas escandalosas, acostada en su cama. Se levantó sólo para abrirme y volvió a tenderse bajo el sarape, tapada toda hasta la cabeza. Siempre la hallaba sentada frente al radio en la oscuridad, como un tambachito de vejez y de soledad pero escuchando, atenta, avispada, crítica. "¡Dicen puras mentiras en esa caja! ¡Nomás dicen lo que les conviene! Cuando oigo que anuncian a Carranza en el radio le grito: '¡Maldito bandido!' Cada gobierno vanagloria al que mejor le conviene. Ahora le dicen el Varón de Cuatrociénegas y yo creo que es porque tenía el alma toda enlodada. ¡Que ahora van a poner a Villa en letras de oro en un templo! ¿Cómo lo van a poner si era un cochino matón robavacas, arrastra mujeres?

A mí esos revolucionarios me caen como patada en los... Bueno, como si yo tuviera güevos. ¡Son puros bandidos, ladrones de camino real, amparados por la ley!"

Miré el gran sarape de Saltillo que no conocía y me senté en una pequeña silla a los pies de la cama. Jesusa no decía una sola palabra. Hasta el radio, que permanecía prendido durante nuestras conversaciones, estaba apagado. Esperé algo así como media hora en la oscuridad. De vez en cuando le preguntaba:

—Jesusa ¿se siente mal?

No hubo respuesta.

—Jesu ¿no quiere hablar?

No se movía.

—¿Está enojada?

Silencio total. Decidí ser paciente. Muchas veces, al iniciar nuestras entrevistas, Jesusa estaba de mal humor. Después de un tiempo se componía, pero no perdía su actitud gruñona y su gran dosis de desdén.

—¿Ha estado enferma? ¿No ha ido al trabajo?

—No.

—¿Por qué?

—Hace quince días que no voy.

De nuevo nos quedamos en el silencio más absoluto. Ni siquiera se oía el piar de sus pájaros que siempre se hacía presente con una leve y humilde advertencia de aquí estoy, bajo los trapos con los que cubría la jaula. Esperé mucho rato desanimada, cayó la tarde, seguí esperando, el cielo se puso lila. Con cuidado, volví a la carga:

—¿No me va a hablar?

No contestó.

—¿Quiere que me vaya?

Entonces hizo descender el sarape a la altura de sus ojos, luego de su boca, y espetó:

—Mire, usted tiene dos años de venir y estar chingue y chingue y no entiende nada. Así es de que mejor aquí le paramos.

Me fui con mi libreta contra el pecho a modo de escudo. En el coche pensé: "¡Qué padre vieja, Dios mío! No tiene a nadie en la vida, la única persona que la visita soy yo, y es capaz de mandarme al carajo".

Al miércoles siguiente se me hizo tarde (fue el recanijo inconsciente) y la encontré afuera en la banqueta.

Refunfuñó:

—Pues ¿qué le pasa? ¿No entiende? A la hora que usted se va, salgo por mi leche al establo, voy por mi pan. A mí me friega usted si me tiene aquí esperando.

Entonces la acompañé al establo. En las colonias pobres el campo se mete a los linderos de la ciudad o al revés, aunque nada huela a campo y todo sepa a polvo, a basura, a hervidero, a podrido. "Los pobres, cuando tomamos leche, la tomamos recién ordeñada de la vaca, no la porquería esa de las botellas y de las cajas que ustedes toman". En la panadería, Jesusa compraba cuatro bolillos: "Pan dulce no, ése no llena y cuesta más".

De la mano de Jesusa entré en contacto con la pobreza, la de a deveras, la del agua que se recoge en cubetas y se lleva cuidando de no tirarla, la de la lavada sobre la tablita de lámina porque no hay lavadero, la de la luz que se roba por medio de "diablitos", la de las gallinas que ponen huevos sin cascarón, "nomás la pura tecata", porque la falta de sol no permite que se calcifiquen. Jesusa pertenece a los millones de hombres y de mujeres que no viven, sobreviven. El solo atravesar el día y llegar hasta la noche les cuesta tantísimo trabajo que las horas y la energía se les van en eso que para los marginados resulta tan difícil: ganarse la vida como si la vida fuera una mercancía más, permanecer a flote, respirar tranquilos, aunque sólo sea un momento, al atardecer, cuando las gallinas ya no chistan tras de su alambrado y el gato se despereza sobre la tierra apisonada.

En ese cuartito casi siempre en penumbra, en medio de los chillidos de los niños de las otras viviendas, los portazos, el vocerío y el radio a todo volumen, los miércoles en la tarde a la hora en que cae el sol y el cielo azul cambia a naranja, surgió otra vida, la de la Jesusa Palancares, la pasada y la que ahora revivía al contarla. Por la diminuta rendija acechábamos el cielo, sus colores, azul, luego naranja, al final negro. Una rendija de cielo. Nunca lo busqué tanto, enranuraba los ojos para que pasara la mirada por esa rendija. Por ella entraríamos a la otra vida, la que tenemos dentro. Por ella también subiríamos al reino de los cielos sin nuestra estorbosa envoltura humana.

*

Al oír a la Jesusa la imaginaba joven, rápida, independiente, áspera, y viví con ella sus rabias y sus dolores, sus piernas que se entumieron de frío con la nieve del norte, sus manos enrojecidas por la lavada. Al verla actuar en su relato, capaz de tomar sus propias decisiones, se me hacía patente mi falta de carácter. Me gustaba sobre todo imaginarla en el mar, los cabellos sueltos, sus pies desnudos sobre la arena, sorbidos por el agua, sus manos hechas concha para probarlo, descubrir su salazón, su picazón. "¡Sabe usted, la mar es mucha!" También la veía corriendo, niña, sus enaguas entre sus piernas, pegadas a su cuerpo macizo, su rostro radiante, su hermosa cabeza, a veces cubierta por un sombrero de soyate, a veces por un rebozo. Mirarla pelear en el mercado con una placera era apostarle a ella, un derechazo, dale más abajo, una patada en la espinilla, ya le sacaste el resuello, un gancho al hígado, no pierdas de vista su quijada, ahora sí, túpele duro, aviéntale otra, qué tino el tuyo Jesusa, le diste hasta por debajo de la lengua, pero la imagen más entrañable era la de su figura menuda, muy derechita, al lado de las otras Adelitas arriba del tren, de pie y de perfil, sus cananas terciadas, el ancho sombrero del capitán Pedro Aguilar protegiéndola del sol.

Mientras ella hablaba surgían las imágenes y me producían una gran alegría. Me sentía fuerte de todo lo que no he vivido. Llegaba a mi casa y les decía: "Saben, algo está naciendo en mí, algo nuevo que antes no existía", pero no contestaban nada. Yo les quería decir: "Tengo cada vez más fuerza, estoy creciendo, ahora sí, voy a ser una mujer". Lo que crecía o a lo mejor estaba allí desde hace años era el ser mexicana, el hacerme mexicana; sentir que México estaba adentro de mí y que era el mismo que el de la Jesusa y que con sólo abrir la rendija saldría. Yo ya no era la niña de ocho años que vino en un barco de refugiados, el *Marqués de Comillas,* hija de eternos ausentes, de viajeros en barco, hija de trasatlánticos, hija de trenes, sino que México estaba dentro, era un animalote adentro (como Jesusa llamaba a la grabadora), un animal fuerte, lozano, que se engrandecía hasta ocupar todo el lugar. Descubrirlo fue como tener de pronto una verdad entre las manos, una lámpara que se enciende bien fuerte y echa su círculo de luz sobre el piso. Antes, sólo había visto las luces flotantes que se pierden en la oscuridad: la luz del quinqué del guardagujas que se balancea siguiendo su paso hasta desaparecer, y esta lámpara sólida, inmóvil, me daba la seguridad de un ancla. Mis abuelos, mis tatarabuelos tenían una frase clave que creían poética: "I don't belong". A lo mejor era su forma de distinguirse de la chusma, no ser como los demás. Una noche, antes de que viniera el sueño, después de identificarme largamente con la Jesusa y repasar una a una todas sus imágenes, pude decirme en voz baja: "Yo sí pertenezco".

Durante meses concilié el sueño pensando en la Jesusa; bastaba una sola de sus frases, apenas presentida, para anularme y quedar a la espera. La oía dentro de mí, como cuando de niña una vez acostada, oía en la noche que crecía. "Sé que crezco porque oigo que mis huesos truenan casi imperceptiblemente." Mi madre reía. Crecer para mí era de vida o muerte. Mi abuela reía. La Jesusa reía dentro de mí; a veces con sorna, a veces me dolía. Siempre, siempre me hizo sentir más viva.

*

Entre Jesusa y yo, poco a poco nació el cariño prudente, temeroso. Llegaba yo con mi costal de quejumbres de bestezuela mimada y ella me echaba la viga:

—Hombre ¿de qué se apura? Tanto cargador que anda por allí.

Minimizar el problema más viejo del mundo: el del amor y el del desamor, fue un saludable golpe a mi amor propio. Allí estábamos las dos, temerosas de hacernos daño. Esa misma tarde me hizo un té amargo para la bilis y me tendió la quinta gallina: "Tome, llévesela a su mamá para que la haga en caldo". Un miércoles llegué y me dormí en su cama y sacrificó sus radionovelas para cuidarme el sueño. ¡Y Jesusa vive del radio! Es su comunicación con el exterior, su único lazo con el mundo; nunca lo apagaba, ni siquiera lo quitó, ya no digamos bajó el volumen cuando devanaba los episodios más íntimos de su vida. Poco a poco fue naciendo la confianza, la querencia como ella la llama, esa que nunca nos hemos dicho en voz alta, que nunca hemos nombrado siquiera. Creo que Jesusa es a quien más respeto después de Mane. Nunca, ningún ser humano hizo tanto por otro como Jesusa hizo por mí. Y se va a morir, como ella lo desea, por eso cada miércoles se me cierra el corazón de pensar que podría no estar. "Algún día que venga, ya no me va a encontrar, se topará nomás con el puro aire." Y se me abre, al verla allí sentada, encogida en su sillita, o sobre su cama, sus dos piernas colgando enfundadas en medias de popotillo, oyendo su comedia; recibiéndome rezongona con sus manitas chuecas de tanta lavada, sus manchas amarillas y cafés en el rostro, sus trenzas flacas, sus suéteres cerrados por un seguro, y le pido a Dios que me deje cargarla hasta su sepulcro.

Cuando viajé a Francia le mandé cartas pero sobre todo postales. Las primeras respuestas que recibía a vuelta de correo eran de ella. Iba con los evangelistas de la Plaza de Santo Domingo, les dictaba su misiva y la ponía en Correo Mayor. Me contaba lo que ella creía podía interesarme: la venida a México del presidente de Checoslovaquia, el adeudo externo, accidentes en las carreteras, cuando en México nunca hablábamos de las noticias de los periódicos. Jesusa siempre fue imprevisible. Una tarde llegué y la encontré

"DE CHIQUITA, EN OAXACA, HICIERON LEÑA DE MÍ"

sentadita muy pegada al radio, un cuaderno sobre sus piernas, un lápiz entre sus dedos. Escribía la U al revés y la N con tres patitas; lo hacía con una infinita torpeza. Estaba tomando una clase de escritura por radio. Le pregunté tontamente:

—¿Y para qué quiere aprender eso ahora?

—Porque quiero morirme sabiendo leer y escribir —me respondió.

En diversas ocasiones intenté sacarla:

—Vamos al cine, Jesusa.

—No, porque ya no veo bien... Antes sí me gustaban las de episodios, las de Lon Chaney.

—Entonces vamos a dar una vuelta.

—¿Y el quehacer? Cómo se ve que usted no tiene quehacer.

Le sugerí un viaje al Istmo de Tehuantepec para ver de nuevo su tierra, cosa que creí le agradaría hasta que caí en la cuenta de que la esperanza de algo mejor la desquiciaba, la volvía agresiva. Jesusa estaba tan hecha ya a su condición, tan maleada por la soledad y la pobreza, que la posibilidad de un cambio le parecía una afrenta: "Lárguese. Usted qué entiende. Lárguese le digo. Déjeme en paz". Comprendí entonces que hay un momento en que se sufre tanto que ya no se puede dejar de sufrir. La única pausa que Jesusa se permitía era ese Farito que fumaba despacio a eso de las seis de la tarde con su radio eternamente prendido incluso cuando me hablaba en voz alta. Los regalos los desenvolvía y los volvía a empaquetar con mucho cuidado. "Para que no se me maltraten." Así conocí su cajón de muñecas, todas nuevas, intocadas. "Son cuatro. Yo me las he comprado. Como de niña no tuve..."

Jesusa siempre supo por dónde sopla el viento. Mojaba su índice, lo levantaba en el aire y decía: "Estoy tanteando al viento". Era bonita su figura, su mano en alto, su dedito apuntando al cielo, su cara al aire, midiéndose con los elementos. Luego advertía orgullosa: "Esta noche va a llover". ¡Ay mi Adelita! En el techo del vagón del tren, la miro guarecerse de la lluvia bajo la manga de hule porque durante toda la bendita Revolución la caballada anduvo adentro y la gente afuera. Años más tarde, Paula mi hija de cuatro añitos, habría de cantarle a Jesusa, reinvindicando en cierto modo a las "galletas de capitán", a las "perdidas", sinvergüenzas que siguen a los hombres:

> Yo soy rielera y tengo a mi Juan.
> Él es mi encanto, yo soy su querer.
> Cuando me dicen que ya se va el tren:
> Adiós mi rielera, ya se va tu Juan.

Tengo mi par de pistolas
con sus cachas de marfil
para agarrarme a balazos
con los del ferrocarril.

Elizabeth Salas en su libro *Soldaderas in the Mexican Military* cuenta que en 1914, en Fort Bliss y luego en Fort Wingate, entre enero y septiembre fueron encarcelados 3 359 oficiales y soldados, 1 256 soldaderas y 554 niños. Las soldaderas, así llamadas porque recibían la "soldada" y con ella atendían a su soldado, no vacilaban en tomar el rifle y disparar cuando su hombre comía o hacía sus necesidades. A él lo protegían, en cambio ellas se defendían solas, daban a luz al borde del camino y seguían caminando. Disparaban en la trinchera. Una compañera de Jesusa tuvo a su chilpayate en una trinchera, otra en un desierto en el norte y se le murió por falta de agua. Jesusa, esposa del capitán Pedro Aguilar, conoció no sólo los rieles, la balacera tupida, "¡Los balazos son mi alegría, la balacera es todo mi amor, porque se oye muy bonita! ¡Viva la Revolución!", los pleitos entre soldaderas cizañosas, también las glorias de la batalla, cuando ellas, las amazonas, derribaban de un disparo al enemigo. Los balazos en el aire azul estallaban como pelotitas blancas, humaredas atronadoras que cubrían el cielo y a Jesusa la vivificaban.

Sin las soldaderas no se sostiene la Revolución, pues ¿quién mantenía a los soldados? Sin ellas, todos hubieran desertado. Les hacían casa y calor de hogar y hasta los enterraban como Dios manda cuando a su Juan le tocaba la de malas. Cargaban a su hijo en la espalda amarrado en su rebozo y en la madrugada quién sabe cómo se las arreglaban para que aun en las peores circunstancias el campamento amaneciera oloroso a café. Muchas de ellas morían de tuberculosis, peritonitis y chorrillo, pero eso no les quitaba lo aventurero. ¡Benditas soldaderas tan malditas! Se lanzaban atrabancadas a desafiar a la muerte. Sin embargo nunca perdieron su mala fama y hasta Juan Pérez Jolote le confió a Ricardo Pozas que una joven soldadera le propuso irse al río a bañarse, una Adelita delgada y pizpireta, que no se parecía a las señoras comideras. "Quítate la ropa" le dijo, ella ya se había desnudado y empezó a echarle agua. A la tercera, Juan Pérez Jolote se la echó de regreso y ella siguió y siguió y siguió hasta que él fue hacia ella, la abrazó y entonces supo cómo era ella y lo que verdaderamente quería.

Jesusa pasó a Marfa, Texas, después de la batalla de Ojinaga y Cuchillo Parado. Iba al lado del capitán Pedro Aguilar, su marido, cargándole el máuser. Combatieron todo el día, siguieron haciendo fuego contra los jijos de la jijurria. "La tropa se había dispersado y nosotros seguíamos dale y dale tumbando ladrones como si nada. Yo todavía le tendí el máuser cargado y como no lo recibía, voltié a ver a Pedro y ya no estaba en el caballo. Como a las cuatro de la tarde mi marido recibió un balazo en el pecho y entonces me di cuenta que andábamos solos con los dos asistentes. Lo vi tirado en el suelo. Cuando bajé a levantarlo ya estaba muerto con los brazos en cruz." Los asistentes perdieron la cabeza, Jesusa entonces decidió dejarlo y en la noche les pidió a los gringos una escolta para ir a recogerlo. "Cuando llegué ya se lo estaban comiendo los coyotes. Ya no tenía manos, ni orejas, le faltaba un pedazo de nariz y una parte del pescuezo. Lo levantamos y lo fuimos a enterrar a Marfa, cerca de Presidio, en los Estados Unidos."

Los mexicanos permanecieron tanto tiempo en Estados Unidos que dos gringos se enamoraron de Jesusa y uno le pidió matrimonio. "No, no me caso. Bonita pantomima hago yo tan negra y usted tan güero." "Así es que lo desprecié, pero es mejor despreciar a que lo desprecien a uno." El pretendiente resguardaba a los prisioneros en Marfa. Capturados en Presidio, los llevaron a Marfa, soldados, niños, mujeres, caballos, burros, perros, pájaros en su jaula, jabón para lavar la ropa, impedimenta, todo, y allí levantaron un campamento tan atractivo que los mismos gringos se acercaban a comer los guisos de las soldaderas y a escuchar los corridos, en la noche, en torno a la fogata. Se aprendieron de memoria "La Cucaracha".

¡Qué ambiente sabían crear las soldaderas! Además de cacerolas, gallinas, puerquitos, ollas, sarapes, sartenes, municiones, teteras, rifles, metates, cachorritos que andaban criando, llevaban guitarra y en la noche se ponían a cantar. Caminaban horas sin cansarse, más aguantadoras que los mismos tamemes. Si acaso mataban una res de un balazo entonces tenían comida durante varios días. Maternales, acogían al hombre, lo hacían reír, lo entretenían además de lo mero principal. No sólo construían ellas el fogón con piedras muy bien escogidas, molían el maíz, palmeaban delgadas las tortillas, todavía se las arreglaban para bañarse y tejer sus trenzas con listones de colores para alegrar la vista de sus Juanes que a lo mejor podrían olvidarlas al verlas vestidas de hombre, como sucedió con unas treinta y cinco muchachitas que se hacían pasar por muchachos quizá para protegerse de los mismos soldados. Fueron descubiertas por el servicio médico sanitario de los norteamericanos que deseaba transferir a la tropa a Fort Wingate. Los gringos pretendían separar a los soldados de las soldaderas pero nunca pudieron. Toda la tropa se quedó muchísimo tiempo en los Estados Unidos, tanto, que según Elizabeth Salas, el gobierno de México recibió una cuenta de 740 653 dólares con 13 centavos por la manutención de los soldados y su familia, sus perros y sus pericos, tal y como lo publicó *El Paso Morning Times* el 11 de septiembre de 1914.

*

Para escribir *Hasta no verte Jesús mío* se me presentó un dilema: el de las malas palabras. En una primera versión, Jesusa jamás las pronunció y a mí me dio gusto pensar en su recato, su reserva; me alegró la posibilidad de escribir un relato sin los llamados "términos altisonantes", pero a medida que nació la confianza y sobre todo a mi regreso de un viaje de casi un año en Francia, Jesusa se soltó, me integró a su mundo, ya no se cuidó y ella misma me amonestaba: "No sea usted pendeja, sólo usted se cree de la gente, sólo usted cree que la gente es buena". Algunas de sus palabras tuve que buscarlas en el diccionario de mexicanismos, otras se remontaban al español más antiguo como la de "hurgamanderas", "pidongueras" o "bellaco". Era bonito que me ordenara: "Usted recapacite", "¿Por qué no recapacita?" ¡Qué verbo más padre!: recapacitar. También la palabra "taruga". "No sea taruga", "Ora, no se atarugue". Me echó en cara mi ausencia: "¡Allá usted y su interés! ¡Usted vendrá a verme mientras pueda sacarme lo que le interesa, después, ni sus luces. Así es siempre: todos tratan de sacarle raja al otro". Como todos los viejos, me contaba una larga retahíla de achaques y dolores; sus lomos podridos, sus corvas adoloridas, lo mal que andan los camiones, la pésima calidad de los víveres, la renta que ya no se puede pagar, los vecinos flojos y borrachos. Machacona, volvía una y otra vez sobre lo mismo, sentada en su cama, sus dos piernas colgando porque la cama estaba montada en ladrillos: el agua se metía a los cuartos anegándolos en época de lluvias y doña Casimira, la dueña, no se preocupaba por mandar destapar la alcantarilla del patio.

A la Casimira, la "rica", Jesusa la padecía como una enemiga, alguien puesto allí especialmente para fregarla. La dueña era la autoridad más próxima y las autoridades nunca ayudan, al contrario, lo quisieran ver a uno tres metros bajo tierra, igualito que don Venustiano Carranza que se quedó con sus haberes de viuda:

"En aquellos años gobernaba el Barbas de Chivo, el presidente Carranza. Raquel me llevó a Palacio que estaba repleto de mujeres, un mundo de mujeres que no hallaba uno ni por dónde entrar; todas las puertas apretadas de enaguas; atascado el Palacio de viudas arreglando que las pensionaran.

Pasábamos una por una, por turno a la sala presidencial, un salón grande donde él estaba sentado en la silla. Yo ya lo conocía. Lo vi muy cerquita en la toma de Celaya donde le mocharon el brazo a Obregón. Como fue el combate muy duro, este Carranza iba montado en una mula blanca y echó a correr. Dio la media vuelta y ni vio cuando le tumbaron el brazo al otro. Él no se acordaba de mí, por tanta tropa que ven los generales. Cuando entré para adentro, me dice:

"—Si estuvieras vieja, te pensionaba el Gobierno, pero como estás muy joven no puedo dar orden de que te sigan pensionando. Cualquier día te vuelves a casar y el muerto no puede mantener al otro marido que tengas.

"Entonces agarré los papeles que me consiguió Raquel, los rompí y se los aventé a la cara."

Carranza contribuyó a la orfandad de Jesusa:

"Al fin de cuentas, yo no tengo patria. Soy como los húngaros, de ninguna parte. No me siento mexicana ni reconozco a los mexicanos. Aquí no existe más que pura conveniencia y puro interés. Si yo tuviera dinero y bienes sería mexicana, pero como soy peor que la basura pues no soy nada. Soy basura a la que el perro le echa una miada y sigue adelante. Viene el aire y se la lleva y se acabó todo."

*

Cada encuentro, en realidad era una larga entrevista. Me preguntaba: "¿Cómo le haría Ricardo Pozas con su *Juan Pérez Jolote*?" y envidiaba su formación de antropólogo, su paciencia. Ese libro fue para mí definitivo, y si de mí dependiera hubiera casado a Jesusa con Juan Pérez Jolote. Al terminar me quedé con una sensación de pérdida; no hice visible lo esencial, no supe dar la naturaleza profunda de la Jesusa; ahora, pienso que si no lo logré es porque acumulé aventuras, pasé de una anécdota a otra, me engolosiné con su vida de pícara. Nunca la hice contestar lo que no quería. No pude adentrarme en su intimidad, no supe hacer ver aquellos momentos en que nos quedábamos las dos en silencio, casi sin pensar, en espera del milagro. Siempre tuvimos un poco de fiebre, siempre anhelamos la alucinación. En su voz oía yo la voz de la nana que me enseñó español, la de todas las muchachas que pasaron por la casa como chiflonazos, sus expresiones, su modo de ver la vida, si es que la veían porque sólo vivían al día, no tenían razón alguna para hacerse ilusiones.

Estas otras voces de mujeres marginadas hacían coro a la voz principal, la de Jesusa Palancares, y creo que por esto en mi texto hay palabras, modismos y dichos, que provienen no sólo de Oaxaca, el estado de Jesusa, sino de toda la República, de Jalisco, de Veracruz, de Guerrero, de la sierra de Puebla. Había miércoles en que Jesusa no hablaba sino de sus obsesiones del día, pero dentro del marasmo de la rutina y la dificultad para vivir hubo momentos de gracia, treguas inesperadas en que sacamos a las gallinas de atrás de su alambrado y las acomodamos en la cama como si fueran nuestros niños.

Ni el doctor en antropología Oscar Lewis, ni yo asumimos la vida ajena. Ricardo Pozas jamás dejó a los indígenas, sobre todo a los chamulas, los tojolabales, los tzeltales, los tzotziles. Fueron su vida, no sólo una investigación académica. Para Oscar Lewis, los Sánchez se convirtieron en espléndidos protagonistas de la llamada antropología de la pobreza. Para mí Jesusa fue un personaje, el mejor de todos. Jesusa tenía razón. Yo a ella le saqué raja, como Lewis se las sacó a los Sánchez. La vida de los Sánchez no cambió para nada; no les fue ni mejor ni peor. Lewis y yo ganamos dinero con nuestros libros sobre los mexicanos que viven en vecindades. Lewis siguió llevando su aséptica vida de antropólogo norteamericano envuelto en desinfectantes y agua purificada y ni mi vida actual ni la pasada tienen que ver con la de Jesusa. Seguí siendo ante todo, una mujer frente a una máquina de escribir.

En las tardes de los miércoles iba yo a ver a la Jesusa y en la noche, al llegar a la casa, acompañaba a mi mamá a algún coctel en alguna embajada. Siempre pretendí mantener el equilibrio entre la extremada pobreza que compartía en la vecindad de la Jesu, con el lucerío, el fasto de las recepciones. Mi socialismo era de dientes para afuera. Al meterme a la tina de agua bien caliente, recordaba la palangana bajo la cama en la que Jesusa enjuagaba los overoles y se bañaba ella misma los sábados. No se me ocurría sino pensar avergonzada: "Ojalá y ella jamás conozca mi casa, que nunca sepa cómo vivo yo". Cuando la conoció me dijo: "No voy a regresar, no vayan a pensar que soy una limosnera". Y sin embargo la amistad subsistió, el lazo había enraizado. Jesusa y yo nos queríamos. Nunca, sin embargo, dejó de calificarme. "Yo ya sabía desde endenantes que usted era catrina." Cuando estuve en el hospital quiso quedarse a dormir: "Me tiro aunque sea aquí debajo de su cama". Nunca he recibido tanto de alguien, nunca me he sentido más culpable. Lo único que hice fue moverme un poquito en la cama: "Venga Jesusita, cabemos las dos", pero ella no quiso. Se despidió a las cinco de la mañana y yo todavía le dije: "Ay, pero si las dos cabíamos". Me res-

"A MÍ ME LLAMABAN LA REINA XÓCHITL"

pondió: "No, la única cama en que cabemos es en la mía porque es cama de pobre".

Cuando hube sacado en limpio la primera versión mecanografiada de su vida, se la llevé encuadernada en keratol azul cielo. Me dijo: "¿Para qué quiero esto? Quíteme esa chingadera de allí. ¿Qué no ve que nomás me estorba?" Pensé que le gustaría por grandota y porque Ricardo Pozas me contó en alguna ocasión que a Juan Pérez Jolote le decepcionó la segunda edición del relato de su vida publicada por el Fondo de Cultura Económica y añoraba la de pastas amarillas del Instituto Nacional Indigenista: "¡Aquella medía una cuarta!" En cambio, si Jesusa rechazó la versión mecanografiada, escogí al Niño de Atocha que presidía la penumbra de su cuarto para la portada del libro y en efecto, al verlo me pidió veinte ejemplares que regaló a los muchachos del taller para que supieran cómo había sido su vida, los muchos precipicios que ella había atravesado y se dieran una idea de lo que era la Revolución.

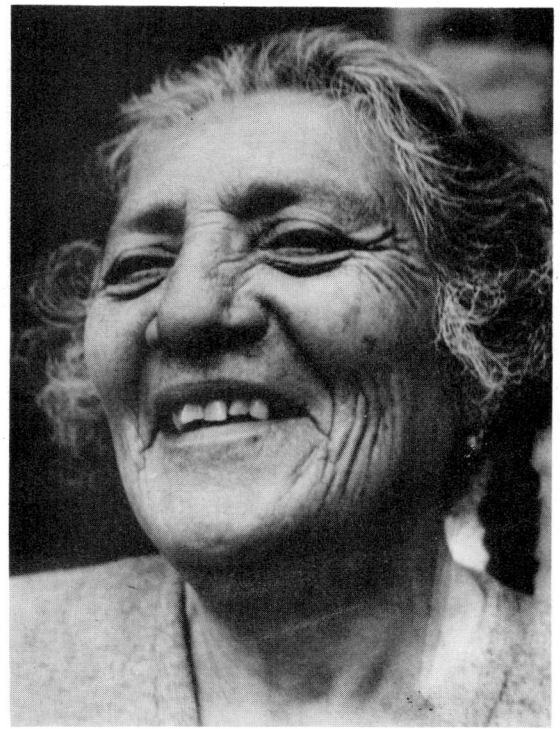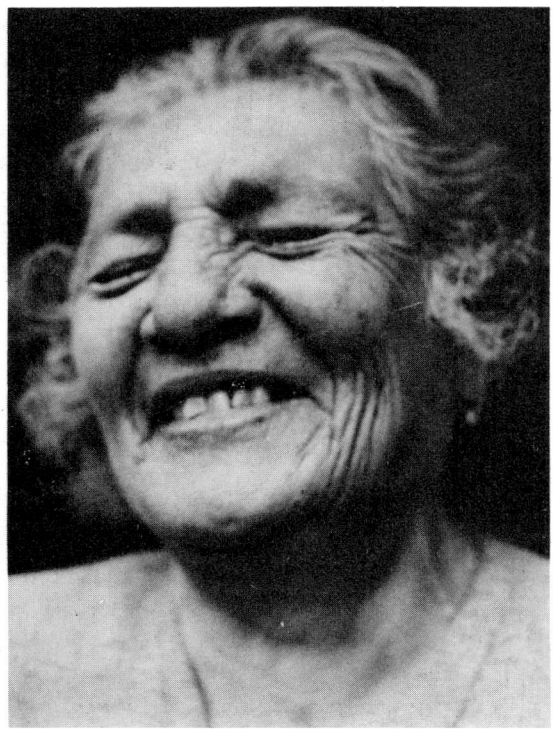

"AHORA YA NO TENGO EL DIABLO ADENTRO"

La dureza de su niñez, el maltrato de su madrastra, la señora Evarista, la soledad la hicieron desconfiada, altiva, una yegua muy arisca, que esquiva las manifestaciones de cariño, el posible acercamiento. Sin embargo, Jesusa Palancares tuvo su jardín secreto. Dormía en el cuarto de su madrastra, pero como el perro, afuera en el balcón, y tenía la responsabilidad de abrirles la puerta a los mozos y a las criadas de la señora Evarista a quienes encerraba por la noche. Para que no se le hiciera tarde, el aguador la despertaba al ir al río a llenar sus ollas de agua.

"Al aguador se le hizo fácil llevar una rama de rosa para despertarme. Me daba con ella en la cara y luego allí me la dejaba. Él se echaba el primer viaje a las cuatro de la mañana. Apenas si alcanzaba el barandal, se paraba abajo, por el lado donde asomaba la cabeza y colgaba mi pelo y sentía yo las flores en la cara. Todos los días las cortó y seguro les quitaba las espinas porque yo no sentía más que frescura. Despertaba yo y adivinaba en el reloj de Palacio que eran las cuatro de la mañana y trataba de verlo a él que se iba para el río entre sus dos burros a llenar sus ollas, y luego cuando se me perdía de vista pues yo, todo el día andaba trayendo la rama de rosas.

"Un día le pregunto yo a Práxedis:

"—Oye ¿quién es ese que me tira una rama de rosas todos los días?

"—Ándale, con que eres la novia del burrero... Pues te lo voy a traer.

"Una tarde lo llevó; un muchacho como de unos diecisiete años. Tenía sus ojos aceitunados, delgadito él. No platicamos nada. Nomás el mozo Práxedis hizo burla delante del burrero y delante de mí:

"—Ándale, ¿cómo no sabía yo que era tu novia, manito?

"—No manito, no. ¿Cómo va a ser mi novia si tú me dijiste que la viniera a recordar? Apenas si le he visto los cabellos desde abajo."

Rodeó siempre lo suyo de un enorme pudor. Su única mención a su vida amorosa es: "Cuando Pedro andaba en campaña, entonces sí me ocupaba. Yo nunca me quité los pantalones, nomás me los bajaba cuando él me ocupaba y ya. Teníamos que traer los pantalones puestos para que a la hora en que tocaran '¡Reunión, alevante!' pues vámonos a donde sea. Mi marido no era hombre que lo estuviera apapachando a una, nada de eso. Era hombre muy serio. Ahora es cuando veo yo por allí que se están besuqueando y acariciando en las puertas. A mí se me hace raro porque mi marido nunca anduvo haciendo esas figuretas. Él tenía con qué y lo hacía y ya".

No fue más explícita en cuanto a su pubertad:

"Ahora todo se cuentan; se dan santo y seña de cochinada y media. En aquel tiempo, si tenía uno sangre, pues la tenía y ya. Si venía pues que viniera y si no, no. A mí no me dijeron nada de ponerme trapitos ni nada. Me bañaba dos o tres veces al día y así toda la vida. Nunca anduve con semejante cochinada allí apestando a perro muerto. Y no me ensuciaba el vestido. No tenía por qué ensuciarme. Iba, me bañaba, me cambiaba mi ropa, la tendía y me la volvía a poner limpiecita. Pero yo nunca sufrí, ni pensé, ni me dolió nunca ni a nadie le dije nada."

Frente a la política mexicana su reacción era de rabia y de desencanto:

"¡Tanto banquete! A ver, ¿por qué no invita el presidente al montón de pordioseros que andan en la calle? A ver, ¿por qué? Puro revolucionario cabrón. Cada día que pasa estamos más amolados y el que viene nos muerde, nos deja chimuelos, cojos y con nuestro pedazo se hace su casa". Los demás tampoco le brindaron consuelo alguno: "Es rete duro eso de no morirse a tiempo. Cuando estoy mala no abro mi puerta en todo el día; días enteros me la paso atrancada, si acaso hiervo té o atole o algo que me hago. Pero no salgo a darle guerra a nadie y nadie se para en mi puerta. Un día que me quede aquí atorzonada, mi puerta estará atrancada... Porque de otra manera, se asoman los vecinos a mirar que ya está uno muriéndose, que está haciendo desfiguros, porque la mayoría de la gente viene a reírse del que está agonizando. Así es la vida. Se muere uno para que otros rían. Se burlan de las visiones que hace uno; queda uno despatarrado, queda uno chueco, jetón, torcido, con la boca abierta y los ojos saltados. Fíjese si no será dura esa vida de morirse así. Por eso me atranco. Me sacarán a rastras, ya que apeste, pero que me vengan aquí a ver y digan que si esto o si lo otro, no, nadie... nadie... sólo Dios y yo."

Pretendí hacer hincapié en las cualidades personales de la Jesusa, aquello que la diferencia de la imagen tradicional de la mujer mexicana, sus inconformismos, su independencia —"Ultimadamente, entre más se deja uno más lo arruinan a uno. Yo creo que en el mismo infierno ha de haber un lugar para todas las dejadas. ¡Puros tizones en el fundillo!"—, su rebeldía, su agresividad —"Antes de que a mí me den un golpe es porque yo ya di dos"—. Permanece su esencia, su fuerza redentora, una huella del México de 1910, aunque su cara cambie. A punto de caer en la verdad, el instinto de conservación de Jesusa la hizo distraerse y soñar y esto la salvó. Al porqué metafísico lo envolvió en sus "visiones" y dulcificó el cosmos al poblarlo de sus seres queridos.

Sí, la Jesusa es como la tierra, tierra fatigada y presta a formar remolinos. Busquen y encontrarán su cara en las manifestaciones, en los mítines y en toda la constelación de protestas que repica cada vez más fuerte. Busquen y la verán salir de las bocas del metro, la hallarán en la maraña de rieles bajo el puente de Nonoalco, en los ojos radiantes de las jovencitas que apenas se asoman a la vida, en las manos callosas levantadas en el viento de los que dicen sí, en las manos que tallan, en las que sirven el café en jarros de barro, en la mirada de las mujeres que saben tenderse sobre la hierba fresca y mirar el sol, sin parpadear.

A la Jesusa me parece verla en el cielo, en la tierra y en todo lugar, así como una vez estuvo Dios, Él, el masculino.

*

(2)

Jesusa Palancares murió en su casa, Sur 94, Manzana 8, Lote 12, Tercera Sección B, Nuevo Paseo de San Agustín. Más allá del Aeropuerto, más allá de Ecatepec, el jueves 28 de mayo de 1987 a las siete de la mañana. En realidad, a Jesusa la llamaba yo Jose, Josefina Bórquez, pero cuando pensaba en ella pensaba Jesusa.

Murió igual a sí misma: inconforme, rejega, brava. Corrió al cura, corrió al médico; cuando pretendí tomarle la mano dijo: "¿Qué es esa necedad de andarlo manoseando a uno?" Nunca le pidió nada a nadie; nunca supo lo que era la piedad para sí misma. Toda su vida fue de exigencia. Como creía en la reencarnación, pensó que esta vez había venido al mundo a pagar deudas por su mal comportamiento en vidas anteriores. Reflexionaba: "He de haber sido un hombre muy canijo que infelizó a muchas mujeres", porque para ella ser hombre era portarse mal.

Un día antes de morirse nos dijo: "Échenme a la calle a que me coman los perros; no gasten en mí, no quiero deberle nada a nadie". Ahora que está bajo tierra y que alcanzó camposanto, quisiera mecerla con las palabras de María Sabina, tomarla en brazos como a una niña, cobijarla con todo el amor que jamás recibió, entronizarla como a tantas mujeres que hacen la historia de mi país: México, y que México no sólo no acoge sino ni siquiera reconoce.

*

En esa casa de Sur 94, Manzana 8, Lote 12, Tercera Sección B, Nuevo Paseo de San Agustín, arriba en el techo, Jesusa armó su última morada, con palitos, con ladrillos, con pedazos de tela. A pesar de que tenía una estufa, puso en el suelo un fogoncito y sobre un mecate colgó sus enaguas que convirtió en cortina, una cortina con mucha tela que separaba su lecho del resto de la mínima habitación. Tenía su mesa de palo que le servía para planchar y para comer, y bajo la pata coja un ladrillo que la emparejaba. En un rinconcito, arrejuntó a todos sus santos, los mismos que vi en la otra vecindad. El Santo Niño de Atocha, con su guaje y su canastita, su sombrero de tercer mosquetero con pluma de avestruz y su prendedor de concha, esperaba impávido la adoración de los magos. Antes, las gallinas cacareaban adentro y las palomas se zurraban sobre los trastes; ahora, fuera del cuarto, en un espacio de la azotea, Jesusa hizo que comenzara el campo. Puso una rejita que a mí siempre me pareció inservible, unos viejos alambres oxidados, una cubeta sin fondo "pero todavía sirve la lámina de los lados" a modo de valla o defensa: tablitas, palos de escoba, cualquier rama de árbol encontrada en la calle, y los amarró fuerte, y esos palos muy bien amarraditos cercaron por un lado a sus gallinas y por el otro a sus macetas, yerbabuena y té limón, manzanilla y cebollín, epazote y hierba santa. Había encallejonado el camino para dificultar el acceso a su casa, para que ella fuera la única dueña de la puerta; un camino estrecho que llevara al cielo, y sólo ella le abriera al sediento.

En México, la dignidad que tiene la gente del campo se diluye en las villa-miserias, muy pronto avasalla el plástico y el nylon, la transa y la trácala, la basura que no es degradable y degrada y la televisión comprada en abonos antes que el ropero o la silla. A diferencia de los demás, Jesusa transportó a su azotea un pedazo de su Oaxaca y lo cultivó. Cruzó sin chistar todos los días esas grandes distancias del campesino que va a la labor: dos y tres horas de camión para llegar a la Impresora Galve en San Antonio Abad, dos o tres horas de regreso a la caída del sol, cuando todavía pasaba a comprar la carne de sus gatos y el maíz de sus gallinas. Una vez, tuvo una hemorragia en la calle y se sentó en la banqueta. Fue el principio del fin. Alguien ofreció llevarla a un puesto de socorro. No aceptó, se limpió como pudo, pero como temió marearse de nuevo en el autobús y ensuciarlo, se vino a pie bajo el sol, tapándose con su rebozo, como un animal en agonía que sólo quiere llegar a su guarida, desde la avenida San Antonio Abad hasta Ecatepec, hasta su casa en San Agustín. Como burro, como mula, como muerta en vida, como quien se muere y da la última patada, caminó paso a paso, anciana, en un esfuerzo inconmensurable sin que nadie se diera cuenta que lo que esta mujer chiquitita estaba haciendo era una proeza tan atroz y tan irreal como la del alpinista que tiende su cuerpo hasta su última posibilidad para llegar a la punta del pico más alto de los Andes. Imagino el esfuerzo desesperado que debió costarle ese viaje. La veo bajo el sol ya fuera de sí, y se me encoge el alma al pensar que era tan humilde o tan soberbia (las dos caras de la misma moneda) para no pedir ayuda. A partir de ese momento, Jesusa no volvió a ser la de antes. Le había exigido demasiado a su envoltura humana, ésta ya no daba de sí, le falló. Su cuerpo de ochenta y siete años le advirtió "yo ya no puedo, síguele tú" y por más que Jesusa lo espoleaba, ya sus órdenes erráticas no encontraban respuesta. Terca, sin aliento, se encerró en su cuarto. Sólo una vez quiso hacer partícipe a su hijo adoptivo Lalo, "Perico" en *Hasta no verte Jesús mío,* de una visión que le envió el Ser Supremo. Al asomarse a la ventana de su cuartito, había visto en los postes de luz de la esquina cuatro grandes crisantemos que venían girando hacia ella. Y la visión le había llenado de luz la cuenca de los ojos, la cuenca de su colchón ahondado por los años, la cuenca de sus manitas morenas y dolorosas: "¿No las estás viendo tú, Lalo?" "No, madre, yo no veo nada." Claro, espeso como era, Lalo nunca vio más allá de sus narices. Esa noche, al notar que su respiración se dificultaba, Lalo-Perico decidió bajar a Jose-Jesusa que ya ni protestar pudo a la recámara que compartía con su esposa y la acostó en una cama casi a ras del suelo, envuelta en trapos, sobre una colcha gris, su cabeza cubierta con un paliacate que tapaba su cabello ralo. Allí, pegada al piso, Jesusa se fue empequeñeciendo, ocupando cada vez menos espacio sobre la tierra. Y sólo una tarde cuando se recuperó un poco lo interpeló: "¿Dónde me veniste a tirar?"

En torno a su figura cada vez más esmirriada empezaron a revolotear las sondas metidas por un médico de "allá de la otra cuadra" que no se rasuraba, no se fajaba el pantalón, la boca blanda y fofa, los labios perpetuamente ensalivados. Apenas recuperó un poco de fuerza, Jesusa se las arrancó. Dejó de hablar y cuando hacía su aparición el médico cerraba los ojos a piedra y lodo. No los volvió a abrir. Ya no tenía nada que ver sobre la tierra, ya no quería tener que ver con nosotros, ni con nuestros ojos voraces, ni con nuestras manos ávidas, ni con nuestro calor pegajoso, ni con nuestras trampas, ni con nuestras mentes partidas como nueces, nuestra solicitud de pacotilla. Que nos fuéramos a la chingada, como ella se estaba yendo, ahora que cada segundo la sumía más dentro del catre, antecesor de su cajón de muertos.

*

Apenas si medía uno cincuenta y los años la fueron empequeñeciendo, encorvándole los hombros, arrancándole a puñados su hermoso pelo, aquel que hacía que los muchachos de la tropa la llamaran la Reina Xóchitl. Lo que más le dolía eran sus dos trenzas chincolas y ahora, cuando iba al centro, al pan, a la leche, se cubría la cabeza con su rebozo. Caminaba jorobada, pegada a la pared, doblada sobre sí misma; no obstante, a mí sí me gustaron sus dos trenzas entrecanas y chincolas, su pelito blanco rizado en las sienes, sobre la frente arrugada y cubierta de paño. También en las manos tenía esos grandes lunares. Ella decía que son del hígado; más bien creo que son del tiempo. Los hombres y las mujeres con la edad se van cubriendo de cordilleras y de surcos, de lomas y desiertos. La Jesusa se parecía cada vez más a la tierra; era un terrón que camina, un montoncito de barro que el tiempo amacizó y secó al sol. "Me quedan cuatro clavijas", aseguró, y para señalar los agujeros se llevaba a la boca sus dedos deformados por la artritis. Los años amansaron a Jesusa. Cuando la conocí, ni "pásele" decía. Ahora, cuando iba a verla a la Impresora Galve me ordenaba:

—Usted siéntese que está cansada.

—¿Y usted?

—Yo no, yo ¿por qué? Aquí me quedo de pie.

Se pasaba de rejega.

—¿No se siente usted sola, a veces?

— ¿Yo sola? Es cuando estoy mejor.

Era verdad. Nadie le hacía falta, se completaba a sí misma, se completaba sola. Le eran suficientes sus alucinaciones producto de su soledad. No creo que amara la soledad hasta ese grado pero era demasiado soberbia para confesarlo. Nunca le pidió nada a nadie. Hasta a la hora de la muerte, rechazó. "No me toquen, déjenme en paz. ¿No ven que no quiero que se me acerquen?" Se trataba a sí misma como animal maldito.

La conocí en 1964. Vivía cerca de Morazán y de Ferrocarril-Cintura, un barrio pobre de la ciudad de México, cuya atracción principal era la Penitenciaría, llamada por mal nombre el Palacio Negro de Lecumberri. El penal era lo máximo; en torno a él pululaban las quesadilleras, los botes humeantes de los tamales de chile, de dulce y de manteca, la señora de los sopes y de las garnachas calientitas, los licenciados barrigones de traje, corbata, bigotito y portafolios, los papeleros, los autobuses, los familiares de los presos y esos burócratas que siempre revolotean en torno a la desgracia, los morbosos, los curiosos. Jesusa vivía bien cerca de la *Peni* en una vecindad chaparrita con un pasillo central y cuartos a los lados. Continuamente se oía el zumbido de una máquina de coser. ¿O serían varias? Olía a húmedo, a fermentado. Cuando llegaba la portera gritaba desde la puerta: "Salga usted a detener el perro", voy, y allí venía Jesu-Jose, voy, con el ceño fruncido, la cabeza gacha, voy, voy, las vecinas se asomaban. Amarrado a una cadena muy corta, el perro negro cuidaba toda la vecindad. Era alto y fuerte: un perro malo. Impedía el paso, de por sí pequeño, a cualquier extraño, y Jesusa, la mano en alto, apenas más alta que él, se enronquecía al gritarle al perro bravo: "Estate quieto, Satán, carajo, Satán, quieto, quieto" y lo jalaba de la cadena a modo de estrangularlo mientras ordenaba: "Pase, pase, pero aprisita, camínele hasta mi cuarto". El suyo estaba cerca de la entrada y le daba poco el sol. El ambiente era más bien hostil y para sobrevivir a su entorno Jesusa desarrolló lo que ella llamaba mañas. "Les ganaba a todos porque tengo muchas mañas para pelear." No se juntaba con los vecinos para no entrar en problemas. Jamás les pidió nada y eso la enorgullecía. "Yo era fuerte, de por sí soy fuerte. Y mi naturaleza es así... El coraje, eso me sostenía. Toda mi vida he sido malgeniuda, corajuda."

∗

En 1985, a raíz del terremoto el techo de la Impresora Galve cayó a tierra. A partir de ese día Jesusa no fue al taller con la frecuencia que la mantenía en pie, puesto que no había donde trabajar y este rompimiento en su rutina le hizo daño. Estaba acostumbrada a esa obligación. "Yo tengo mi necesidad", decía, "usted tiene la suya: mi necesidad no es su necesidad, entonces no me perjudique." Necesitaba hacer falta, cumplir. En su casa ya no había overoles ni la ropa más personal de los obreros: camisas, calzones, camisetas de hombre. Se hizo rabiosa. Cuando le conté con emoción que del Hotel Regis en la avenida Juárez habían desenterrado y sacado de los escombros a una pareja muerta, abrazada, las dos bocas unidas y sentencié que así deberían morir todas las mujeres con un hombre encima y que qué bueno que a la hora del temblor habían decidido morir en los brazos del otro en vez de correr, me gritó que no fuera pendeja, que por eso me iba como me iba.

—¿Cómo va a estar bien eso? Eso es una pura cochinada.

—¿Por qué?

—Porque nosotros no nacimos pegados, nacemos solitos, cada quien por su lado. Hay que vivir, pero solito.

—¿No le parece una máxima prueba de amor?

—¡Otra vez la burra al trigo! Eso es una porquería. ¿Y dice usted que los sacaron todos entierrados?

Jesusa insistía mucho en la falta de respeto por uno mismo, que las mujeres se lo tenían bien merecido por dejadas, "puros tizones en el fundillo", eso les iba a tocar en el infierno; las mujeres tenían que ser autónomas y bravías a diferencia de aquella que se encontró John Reed, una pobre mu-

"USTED ES UNA CATRINA QUE NO SIRVE PARA NADA"

chacha prieta, opaca y tosca como de veinticinco años que vio caminar en el polvo tras el caballo del capitán Félix Romero. Romero, a su vez, la había hallado perdida y sin rumbo en el campo y como le hacía falta una mujer que lo atendiera simplemente le ordenó: "Sígueme". Y ella lo obedeció sin chistar tal y como lo dicta la costumbre de su sexo y su país. ¡Qué lejos de Jesusa, la pobre negrita a quien Reed bautiza con el improbable nombre de Elizabetta!

Sus reacciones me destantearon. En mi nariz, mejor dicho, en mis narices rompió en pedacitos unas fotografías que nos tomó una tarde Héctor García: "Yo quería una como ésta" dijo y me señaló un gran retrato sepia colgado dentro de un marco de madera. "No era eso lo que yo quería", repetía, "eso no". Buscaba otro tipo de fotografía como la color sepia, una foto formal y triste en que ella se ve bien peinada, su camisa de albo cuello blanco, sus ojos miran que te miran graves, su boca firme, circunspecta, cerrada, su cabeza erguida. "Ése es el ondulado Marcel, de cinco ondas. Ésa sí es una fotografía, no esas visiones que usted me trae." Tenía que dejar de sí misma una imagen de seriedad, de cumplimiento.

Seguramente le hubiera gustado que yo asentara su filiación. Nunca se repuso de que le robaran sus papeles y todas sus cosas en la estación de Buenavista, cuando el general Joaquín Amaro tomó la decisión de que ya no hubiera soldaderas y la despachó junto con otras mujeres a su casa:

Patria: México.
Lugar de nacimiento: Miahuatlán, Oaxaca.
Edad: 78 años.
Estado civil: Viuda.
Ojos: Cafés.
Nariz: Regular.
Boca: Regular.
Pelo: Negro tirando a blanco, más bien, entrecano.
Barba: Escasa.
Estatura: 1 m 47 cm.
Señas particulares: Ninguna.

Que Héctor García la hubiera captado riéndose era una falta de urbanidad. Las gesticulaciones, la improvisación, la naturalidad de la vida diaria eran comunes y corrientes, por lo tanto no podían servir para la fotografía. "No me anden con payasaditas." Retratarse era un acontecimiento, una solemnidad, algo que no pasa seguido. Sin embargo, ese mismo día, Jesusa, alegre, se fumó un Marlboro en vez de sus Faritos y aceptó tomarse una cerveza que la bonhomía de Héctor le ofreció. En otra ocasión con mi hijo mayor Mane también fumó y lo hizo con mi mamá, pero cuando le dije que unas amigas norteamericanas querían conocerla, me espetó:

—Ya no me ande trayendo tanta gente, ni que no tuviera quehacer.

En 1968 hizo patente su odio por los estudiantes. "Son unos revoltosos. ¿Por qué no están en sus pupitres en vez de andar alborotando? Yo los odio. Usted no tiene por qué contemplarlos." También odiaba a los sindicalistas, a los maestros, a las monjas y a los curas. "A las monjas yo las he visto y por eso les digo con toda la boca: mustias hijitas de Eva, no se hagan guajes y dénle por el derecho a la luz del día. Además, curas y monjas ¡qué feo! unos y otros tras de sus naguas." Curiosamente aceptó siempre el homosexualismo: "Las mujeres son ahora tan cochinas que un muchacho ya no sabe ni a qué tirarle"... "Don Lucho era muy buena gente porque los afeminados son más buenos que los machos." Justificó a su amigo Manuel el Robachicos. "Tal vez a las mujeres él les hacía el asco porque estaba gálico y tuvo una decepción y ya mejor se decidió por los muchachitos. Se divertía mucho con ellos y decía que los hombres salen más baratos que las mujeres y que son más ocurrentes."

De sí misma decía que era marimacho desde niña:

"Yo era muy hombrada y siempre me gustó jugar a la guerra, a las pedradas, a la rayuela, al trompo, a las canicas, a la lucha, a las patadas, a pura cosa de hombre, puro matar lagartijas a piedrazos, puro reventar iguanas contra las rocas."

Más tarde afirma que no le gustaba que la chulearan porque le daba vergüenza:

"Al contrario, yo más bien quería hacerle de hombre, alzarme las greñas, ir con los muchachos a correr gallo, a cantar con guitarra cuando a ellos les daban su libertad."

De que necesitaba su libertad, Jesusa lo confirmó a lo largo de su vida. Para ella, las mujeres serían más felices si pudieran vivir como hombres, e hicieran cosas de hombre.

"Pero de gustarme, me gusta más ser hombre que mujer. Para todas las mujeres sería mejor ser hombre, seguro, porque es más divertido, es uno más libre y nadie se burla de uno. En cambio de mujer a ninguna edad la pueden respetar, porque si es muchacha la vacilan y si es vieja la chotean. Sirve de risión porque ya no sopla. En cambio el hombre vestido de hombre va y viene, se va y no viene y como es hombre ni quien le pare el alto. ¡Mil veces mejor hombre que mujer! Aunque yo hice todo lo que quise de joven, sé que todo es mejor en el hombre que en la mujer. ¡Bendita la mujer que quiere ser hombre!"

Desde niña golpeó a otras mujeres, primero a las mujeres de su papá "porque yo salí muy perra, muy maldita, ninguna de mi casa fue como yo de peleonera". Más tarde se volvió tan brava que a Angelita, otra soldadera a quien se le ocurrió llevarle de comer a su marido, la dejó como coladera:

"Entonces me paré en la esquina a esperar a Angelita, y como no salía me brinqué la cerca de piedra y en el corral que me agarro con ella en el suelo. Como no llevaba con qué, saqué una horquilla grande que llevaba en el chongo y con esa le picotié toda la cara.

"Ella estaba bañada en sangre, porque yo tengo mucha ventaja para peliar."

La Jesusa no tuvo límites, tanto que se enfrentó a su propio marido, el capitán Pedro Aguilar, que ya se había acostumbrado a darle de palos o de "planazos" y la llevaba a algún lugar escondido con la excusa de que le fuera a lavar su ropa:

"Cada vez que me golpeaba, no lo hacía delante de la gente y por eso nunca lo agarraron con las manos en la masa.

"—¡Qué bueno es su marido, Jesusa!

"Nunca lo vieron enojado.

"—¿Cómo dice?

"—Que qué suerte tiene usted con ese marido.

"¡Bendito sea Dios! Nunca aclaré nada. Ésas son cosas de uno, de dentro, como los recuerdos. Los recuerdos no son de nadie. Nomás de uno. O como los años que sólo a uno le hacen. ¿A quién le da uno el costal de huesos que carga? 'A ver, cárgalos tú.' Pues no, ¿verdad? Ese día que agarro la pistola. Traía yo un blusón largo con dos bolsas y en las bolsas me eché las balas y la pistola. '¿Qué jabón ni qué nada, de una vez que me mate o lo mato yo?' Estaba decedida. Yo lo iba siguiendo. Llegamos a un lugar retirado de la estación y entonces me dice él:

"—Aquí se me hace bueno, tal por cual. Aquí te voy a matar o ves para qué naciste...

"Me quedé viéndolo, no me encogí y le contesté:

"—¿Sí? Nos matamos porque somos dos. No nomás yo voy a morir. Saque lo suyo que yo traigo lo mío."

Jesusa tenía lo suyo, qué duda cabe. ¿Cómo no va a tener lo suyo alguien que ha ejercido tantísimos oficios, sabe tejer bejuco, cuidar niños, ser asistente de peluquero, alimentar un batallón, barnizar mueble austriaco, hacer comida, bailar el jarabe tapatío sobre una vajilla para veinticuatro personas, atender una cantina, beberse una botella de alcohol de un solo jalón, pelear en la batalla, destazar puercos y hacer chicharrón, comunicarse con los espíritus?

Su interpretación del mundo siempre fue original y "muy suya". Le gustaba discutir del origen del hombre y se enojó con Darwin a quien yo citaba:

"No. ¡Qué changos ni qué changos! A lo mejor allá en la Francia creen esas changueces, pero aquí en México tenemos el cerebro más abierto. ¡Qué changos ni qué changos! Adán y Eva eran unos pedazos de lodo y el Padre Eterno les hizo un agujero y los infló y ya les dio la vida. Pero no tenían para qué trabajar. Nada les faltaba. No se apuraban. Les daba hambre y comían tan a gusto. ¿Cuál apuración? Vivían debajo de los árboles abrigados en el poder infinito del Padre Eterno. Así es de que no había frío ni calor, ni luz ni oscuridad. No había nada. Todo era una sola cosa y ellos estaban bien alimentados. No pasaban hambres. Y eso es lo único que importa, no pasar hambre. Hasta que Luzbella, ahora en figura de serpiente, se enredó al árbol de la ciencia del bien y del mal que ellos no habían visto y llamó a Eva:

"—Come, dice, mira qué bueno está...

"La serpiente había mordido la manzana antes que Eva. La serpiente habló porque está pactada con Barrabás. Se transforma.en distintos animales; en puerco, en chivo, en guajolote y empolla en el vientre de las mujeres. Eva comió la manzana y al comerla le brotó el busto, porque no tenía busto ni tenía greñero aquí ni acá. Era una mona nomás así de plana, de una sola pieza, lisita, sin busto ni menjurje. Y al morder la manzana, en ese mismo momento se le levantaron los pechos y el greñero de acá y de allá le empezó a salir tupido como la chía. Ella no se dio cuenta y fue a dar con Adán:

"—Toma, la serpiente me dio y está muy buena.

"Ella no se veía, y él la seguía viendo como antes pero al meterse la manzana en la boca se dio cuenta y se asustó. Y al quererse pasar el cuartito de manzana se le atoró en el pescuezo y ésa es la manzana de Adán."

*

A lo largo de diez años la vi cambiarse tres veces de casa (y una de sus constantes fue siempre "la renta", la otra "la dueña" de la vecindad que amenazaba con aumentar la renta). Cada vez iba a dar más lejos porque la ciudad avienta a sus pobres, los va sacando a las orillas, empujándolos, marginándolos a medida que se expande. Si la Jesusa vivía primero cerca de Lecumberri, en Consulado del Norte, en Inguarán, después se mudó y no fue para mejorarse, al cerro del Peñón y finalmente vino a dar hasta la carretera a Pachuca, por unas colonias llamadas Aurora, Tablas de San Agustín, San Agustín por Jardines que anuncian por medio de grandes carteles con flechas azules dirigidas hacia todos los rumbos de la tierra, drenaje con g, agua con hache y luz con s. No hay drenage, ni hagua, ni lus.

Tampoco hay un árbol en esos llanos baldíos, ni un pedacito de verde, ni un pastito, ni una mata salvo aquéllas traídas por los colonos y colgadas de los muros en sus botes de Mobil Oil. Las tolvaneras parecen el hongo mismo de Hiroshima y no son menos mortales porque transportan todos los desperdicios del mundo y sorben hasta el alma de la gente. Pero lo más terrible no es la montaña de basura sino el hedor, un olor dulzón a grasa fría, a excremento, un refrito de todos los malos olores de la tierra amasados juntos, que van acendrándose bajo el sol y a medida que transcurre el día se hace más intolerable.

Jesusa vivió sus últimos años en un cuartito de cuatro por cuatro construido para ella por su hijo adoptivo Lalo-Perico, el mismo que la había abandonado. Cuando el muchacho se fue dejándola sola dice Jesusa que no le dio tristeza. "Después de que él ganó su camino y se largó por donde le dio su gana, ya no volví a saber de él porque jamás me volví a parar a buscarlo. Yo nunca he tenido tristeza, ¿paqué le digo? Me habla usted en chino porque yo no entiendo de tristeza. Yo no entiendo qué cosa es tristeza, yo lloro cuando tengo coraje, lloro porque no me puedo desquitar. Necesito desquitarme a mordidas, a como sea, lloro natural lo que es llorar. ¿Por qué me he de esconder si muy mis lágrimas, vaya? ¡Pues qué!"

—Un día que llegué a visitarla me dijo usted que estaba triste.

—¿Cuándo le dije yo que estaba triste?

—Me dijo que era triste la vida que había llevado y que...

—¡Ah, la vida! Pero no yo... La vida sí... La vida es pesada pero yo triste ¡no! Si ahora porque estoy muy vieja ya es ridículo pero pregúntele a Lalo; a mí me gustaba cantar mucho, a grito abierto cantaba, bailar mucho, beber mucho. Ahora ya no, ahora canto pero dentro de mí nomás. Ya estoy muy vieja, ya serviría nomás de risión. Pero de joven fui muy alegre, cantaba mucho, pues seguro...

—¿Y ahora qué canta dentro de usted?

—Pues las mismas canciones que aprendí de muchacha, pero triste, yo nunca he sido triste y soy muy feliz solitita aquí, nomás yo solita, me muerdo solita, me rasguño muy solita, me caigo y me levanto y yo solita. Soy muy feliz sola. Nunca me ha gustado vivir acompañada.

—¿Y qué cosas canta por dentro?

—Pues las canciones que yo me aprendí de joven...

—¿Cuáles?

—Pues todas las que yo me aprendí.

—Pero ¿cómo se llamaban, "Amorcito corazón", "Farolito", "Noche de ronda"?

—No, ésas son babosadas.

—Entonces ¿cuáles?

—Pues canciones verdaderas que se usaban antes...

—¿"La Feria de las Flores"? ¿"Allá en el Rancho Grande"? "¿Los Dos arbolitos"?

—¡Ah, mugres también!

—Entonces ¿cuáles?

—Pues canciones antiguas, no modernas.

—¿De la Revolución?

—Pues ni de la Revolución porque la dichosa Adelita no es así, la Adelita es otra, le quitaron la mayor parte y le acomodaron nomás lo que se les hizo bueno, pero ésa no es la canción de la Adelita que es bastante larga.

—¿Usted se la sabe toda?

—Sí.

—¿Y nunca me la va a cantar?

—No.

—¿Por qué?

—Porque no.

Jesusa despotricaba contra la "modernidad", las costumbres de hoy, las canciones que se oyen en el radio, la comida congelada, el pescado refrigerado, los llamados adelantos. Antes todo era mejor. Desconfiaba. "Yo no creo que la gente sea buena, la mera verdad, no. Sólo Jesucristo y no lo conocí." Mejor que nadie Jesusa vivió la tragedia de nuestra sociedad: nadie mira por los demás, todos se rascan con sus propias uñas, no hay posibilidad del bien, la ingratitud es de todos: querer a los perros, a las gallinas, a los gatos, a los canarios es menos decepcionante; no son tan malagradecidos. Después de mantener a Manuel el Robachicos —"No es que lo quisiera mucho ni que me gustaran sus gustos, pero le tenía compasión"— y salir malpagada, recoge en Ciudad Valles a Rufino, quien se huye con los cuchillos de la matanza de cochinos y la báscula. Más tarde educará a Perico-Lalo, huérfano, hijo de una vecina y lo obligará a ir a la escuela, lo castigará para hacerlo un hombre de bien. Perico, rebelde, la abandona para volver después de quince años, cuando ella ya no lo espera y apenas si lo reconoce en ese hombre viejo, feo, casi calvo, expresidiario. Con todo, le abre la puerta, le da un cuarto. Jesusa no se hace ilusiones: "Sé que está aquí por mis pertenencias, no porque me quiere. Me acuesto, pero no duermo. Siento coraje".

Sin embargo, éste es sólo un momento de Jose-Jesusa porque cuando olvidaba enojarse, asentía: "Aquí todos somos de Oaxaca, por eso nos ayudamos". En el pedacito de tierra tomado, los paracaidistas se reconocían: "¡Ah!, usted es de Espinal, yo soy de allí a un ladito, por Matías Romero". Si no se ayudaban, por lo menos no se perjudicaban, lo cual ya es mucho en una sociedad en que resulta normal una calamidad diaria infligida por el otro o por las circunstancias.

Si antes para ir a verla tenía yo que cruzar calles, cuando la visité en su nuevo domicilio recorrí llano tras llano pelón y sólo las llantas del coche levantaban un polvo gris que formaba una nube; no había carretera, nada, sólo el desierto. De pronto, lejos, a la mitad de un llano vi un puntito negro y éste se convirtió en un hombre acuclillado bajo el sol que calcinaba a medida que me fui acercando. Pensé: "¿Qué le pasará a este pobre hombre? Ha de estar enfermo". Saqué la cabeza por la ventanilla y le pregunté: "¿No se le ofre...?" Me paré en seco. El hombre acuclillado estaba defecando. Al arrancar el coche pensé en lo extraño de este hombre que había caminado quién sabe cuánto para defecar a la mitad de la tierra, en cierta forma, sobre la cúspide del mundo. Se lo conté a la Jesusa y me miró irritada mientras comentaba: "Usted siempre haciéndole a lo pendejo".

*

Por Jesusa Palancares supe de una doctrina muy difundida en México: el espiritualismo. En la Secretaría de Gobernación informaron, en 1963, que sólo en el Distrito Federal había más de 176 templos espiritualistas y pude visitar varios recintos, conocer *mediums* en Portales, en Tepito, en la calle de la Luna, en las colonias pobres. La iglesia católica condena tanto el espiritismo como el espiritualismo, y sin embargo tienen mucho del catolicismo. El espiritualismo es obviamente minoritario y sus fieles lo adoptan porque reciben, como en los bancos, una atención más personalizada. Jesusa pertenecía a la Iglesia Mexicana Patriarcal Elías fundada por Roque Rojas, el verdadero y último Mesías, el hijo del Sol, orgullosamente mexicano. Roque Rojas

ROQUE ROJAS O SEA EL PADRE ELÍAS

recibió el último testamento de la tercera era de la humanidad y fundó siete iglesias. Iglesia principesca de Éfeso, Iglesia Rabínica de Esmirna, Iglesia Sacerdotal de Pérgamo, Iglesia Levítica de Tiatira, Iglesia Profética de Sardes, Iglesia Guiadora de Filadelfia e Iglesia Patriarcal de Laodicea. Sus colores brillantes resultaron más sugerentes que sus nombres: la primera verde esmeralda, la segunda rojo escarlata, la tercera azul, la cuarta rosa pálido, la quinta café carmelitano, la sexta azul marino y la séptima de color blanco lácteo, todas entrevistas bajo un sol resplandeciente cuyo disco interior tenía una cara de hombre y sus rayos de color rojo y amarillo provenían de un clarín que anunciaba a la humanidad menesterosa: Soy el Dios de antes, de ahora, de siempre, el Dios del Sol.

Los fieles de estas iglesias se llaman a sí mismos, entre otros nombres y después de jurar adhesión total a Roque Rojas, "pueblo trinitario mariano", por la Santísima Trinidad y por la Virgen María. Jamás de los jamases rompen del todo con la iglesia católica aunque dejan de visitarla porque prefieren la obra espiritual.

La obra espiritual siempre me resultó oscura, a veces incomprensible y Jesusa se disgustaba cuando yo le hacía repetir algún postulado: "Pues ¿qué no ya se lo platiqué? ¡Cuántas veces voy a tener que contárselo!" Hablaba de Alain Kardec, de su padre y protector Manuel Antonio Mesmer, y así descubrí a Franz Anton Mesmer, fundador del mesmerismo y del famoso *baquet magnétique*, ancha cubeta magnética en la que se sentaban los enfermos mentales, así como de los experimentos hipnóticos que más tarde habría de poner en práctica el doctor Jean Martin Charcot, de La Salpetrière, con los esquizofrénicos.

Al visitar un templo bajo el Puente de Nonoalco, el Templo del Mediodía en la calle de la Luna, conocí a su hermandad y escuché una cátedra de revelación e irradiación que las sacerdotisas y el *Guía* daban a una congregación de ojos cerrados y actitud reverente. Lo que más me llamó la atención es ver a señoritas de tubos y uñas largas pintadas de esmalte escarlata, gente joven, muchachas de minifalda, chavos de camiseta entre las señoras de rebozo y los señores de sombrero de palma. Me hostigó el olor de las nubes; nunca pensé que el agua de unas florecitas tan blancas y delicadas pudiera emitir un olor tan repelente. No aprecié que el médium o sacerdote Ricardo Corazón de Águila hiciera buches para después escupirme a la cara la loción Siete Machos que habría de espantar a los malos espíritus, y a Héctor García tampoco le pareció que el mismo Corazón de Águila estrellara sus anteojos guardados en su bolsa pechera al darle un abrazo rompecostillas y sacarle el aire constipado y, sobre todo, que le azotara su cámara en el suelo para librar del maleficio a las almas allí aprisionadas.

La antropóloga norteamericana Isabel Kelly y el poeta Sergio Mondragón establecieron una diferencia entre el espiritismo y el espiritualismo. Aquellos que se interesan por el espiritismo son sofisticados, de buen nivel económico; muchos de ellos son políticos (Madero, el presidente asesinado, era espiritista y los espíritus le contaron todititito salvo lo de la Ciudadela) y su interés se concentra en las apariciones, los ectoplasmas, los efectos de luz y sonido, la levitación y la escritura espiritual. Se reúnen en casas particulares o en un local alquilado (en la calle de Gante, en el último piso de un viejo edificio porfiriano, solía congregarse un grupo selecto y elegante de espiritistas que alguna vez visitó Gutierre Tibón) y llevan a cabo sus sesiones en la oscuridad, tomados de la mano en un círculo que jamás deben romper. La fuerza de su espíritu estremece al *Más Allá*, y la respuesta no se hace esperar: los muertos descienden suavemente a la tierra y se hacen comprender, la mesa se mueve, la cortina se levanta, lo sobrenatural irrumpe, la transmisión se inicia. A veces los espíritus llegan cansados, llenos de mansedumbre, dulces, blanditos, otras bajan hechos unos energúmenos, tiran tarascadas a diestra y siniestra, se zangolotean, sacuden furiosos sus músculos y huesos y hacen perder el equilibrio a la *medium* cuyo espíritu queda bien atarantado, tanto que no acierta ni a recordar cómo se llama y si es hombre o mujer. Otros espíritus de plano arriban dando palos de ciego, entonces sí, ¡sálvese quien pueda!, porque los moretones del alma duran más que los de la carne.

En cambio, en el espiritualismo la pobreza es la que domina y muchos desamparados de las colonias populares buscan las siete iglesias de Roque Rojas y los templos mariano trinitarios para recibir tratamiento, curación y trato personal. En los hospitales del estado, esperan durante horas, nadie les hace caso y si se lo hacen, los médicos apenas si los semblantean, rápido los despachan, las enfermeras andan muinas o cansadas y los medicamentos fuera de su alcance. (¡Y vaya que a los mexicanos les gusta gastar en la farmacia!) En cambio, los doctores espirituales suelen cobrar entre tres y cinco pesos y las operaciones resultan a veces más eficaces que las del hospital y desde luego mucho más sugerentes, porque no es lo mismo una inyección de coramina que una limpia con un ramo compuesto por siete hierbas: santamaría, aluzeman, ruda, ámbar, pirul, hinojo y clavo; veintidós días de limpias: siete limpias de rama, siete de fuego y siete de nubes, y una buena tallada con loción Siete Machos, un sabio *amasajamiento* que termina en éxtasis.

Hombres y mujeres de todas las edades conocen la catarsis al ser poseídos espiritualmente por sus protectores: Mesmer, Adrián Carriel o Alán Cardel (posiblemente Alain Kardec), Luz de Oriente y muchos espíritus mexicanos: Pedrito Jaramillo, Rogelio Piel Roja y otros que obedecen a Roque Rojas, o sea el Padre Elías. Roque Rojas, quien se convirtió en el Padre Elías en 1866, es el fundador del espiritualismo. Al lado de él y de sus portentosos milagros, Jesucristo palidece. Realmente no le llega ni al tobillo. Además Roque Rojas penetra a su rebaño. Cuando entra en ellos, después de una tremenda sacudida, las mujeres y los hombres hablan en voz alta, en estado de trance, los ojos cerrados y el cuerpo recorrido por espasmos; se desahogan, en catarata brotan los conflictos, las frustraciones, la impotencia del marido, el odio a la vecina, la decepción. Después se van a casa sintiéndose muy livianitos. Regresan a la semana y de pronto se levantan y destacan entre la concurrencia: tiesos, los ojos cerrados y los brazos al lado del cuerpo, fluye el borbotón

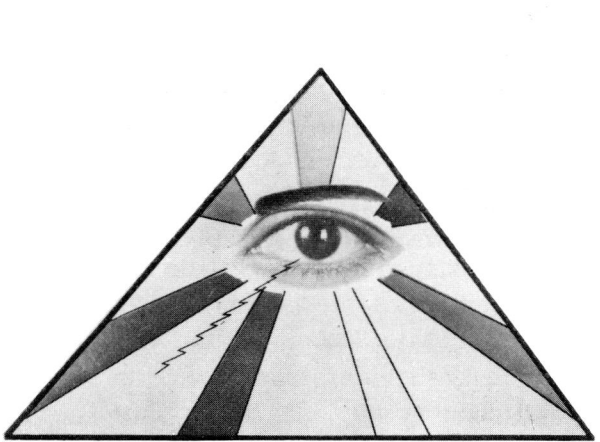

EL TRIÁNGULO DE LUZ Y EL
OJO OMNIPOTENTE DE DIOS

Oraciones
dadas
al Sexto Sello

TEMPLO DEL MEDIODIA

de sus miserias. El hecho de estar poseídos les permite la extroversión total; desinhibidos hacen cualquier cosa, al cabo y al fin se los dictó el espíritu poseedor de su cuerpo. Sollozan, se carcajean, bailan, representan su propio drama o su pícara comedia, se liberan, actúan el papel de su vida y a diferencia de Julio Torri son grandes actores de sus propias emociones. Ningún psicoanálisis de grupo resultaría más eficaz, ningún escenario más propicio y oportuno.

La mayoría son mestizos, pertenecen a esta monstruosa ciudad, sus ingresos son muy bajos, los aprendices de todo y oficiales de nada, los milusos, aquellos a quienes se les repegan las tripas al espinazo. Sus raíces culturales han sido perturbadas por la televisión y el radio, y para ellos el espiritualismo es mucho más satisfactorio que el catolicismo; las emociones son más fuertes, el trato es de "gente" y el espiritualismo los hace sentirse individuos, hombres y mujeres señalados por la mano de Dios entre tanta alma arremolinada.

Para Jesusa, en los años cuarenta, la Obra Espiritual fue lo único que le daba sentido a su vida, y llegó incluso a bautizarse dentro de ella en una ceremonia efectuada en El Pocito, camino a Pachuca, una ceremonia que la hizo llorar mucho. Le aplicaron un triángulo de luz primero en la frente, en el cráneo, en los oídos, en la boca, en el cerebro, en los pies y en las manos con las palmas abiertas hacia arriba. Ese triángulo de la divinidad detiene la tempestad, el aire, la tormenta de agua, el remolino y también "apacigua las tormentas dentro de uno, los precipicios, porque es una defensa en contra de todos los males de la tierra". Ese día Jesusa vio una mano espiritual persignar el agua de El Pocito y tuvo una "videncia" que la consoló: tres rosas en el agua; una blanca, una amarilla y una rosa, y a partir de ese momento habló con sus muertos, sus papás y sus hermanos, y los sacó de las tinieblas, y gracias a ella ya no anduvieron perdidos en la inmensidad volando sin que nadie se acordara de qué vida llevaron sobre la tierra.

La reencarnación era otro consuelo: creer que regresaría a la tierra dentro de una nueva envoltura humana que le ofrecería posibilidades inéditas. "Antes de nacer, yo estaba muerta, luego nací, viví, volví a morir y a flotar en el aire, y otra vez el Ser Supremo me enganchó y a darle: a nacer y a regresar a la tierra." Los carruajes de fuego sobre una nube escarlata cuyo rodar se escucha en los confines de la tierra, los caballos celestes que echan fuego por los belfos entre los rayos del sol al sonoro toque del clarín, la gran mano divina que escribe el mensaje en el cielo con una pluma de avestruz entre truenos y relámpagos eran estampas doradas y gloriosas que le aseguraban a Jesusa que México era tierra santa gracias a Roque Rojas, la roca fuerte de Israel, el Elías, fundador de la Iglesia Mexicana Patriarcal Elías que también se llama: "la mujer hermosa vestida del sol esplendoroso".

A mí lo que más me gustó de Roque Rojas o sea el padre Elías fue el nombre puesto a los doce meses. En vez de enero, febrero, marzo y demás, los meses se llaman del sol, de las flores, de las águilas, del león, de la serpiente, del iris, de la luna, de las estrellas, del cempasúchil, de los aires y de la sabiduría, y los siete días de la semana mexicana patriarcal Elías son la Luna, Marte, Mercurio, Júpiter, Venus, Saturno y el Sol. Eso sí nunca vi el gran anillo del sol, de oro viejo y siete piedras preciosas, esmeralda, rubí, zafiro, aguamarina, ágata, amatista y diamante, tampoco las sagradas arcas ni la vara del gran poder de Israel. Pero sí presencié varias ceremonias de pleitesía y fidelidad al gran hijo del Sol, el tercero de la trinidad mesiánica, el último en bajar a la tierra después de Moisés de Leví y Jesús de Nazareth. Eso no quiere decir que la Iglesia Patriarcal Elías dejaba de reconocer a otras religiones puesto que la sagrada Biblia no es "propiedad exclusiva de nadie". Para ella, el catolicismo romano es la plena y amplia degeneración del cristianismo, el protestantismo o evangelismo, un aborto del catolicismo romano; el origen del espiritismo es la hechicería, el espiritismo ni es ciencia ni filosofía sino supersticiones diabólicas, el Corán de Mahoma, una mistificación de la sagrada Biblia, el libro de mormón es inexacto y no lo apoya la Biblia. Total lo único verdadero para Roque Rojas o sea Elías era Su último testamento y el Apocalipsis de Juan el teólogo. Aquel que le quitara o añadiera algo sería eternamente apartado del libro de la vida y tres veces maldito y anatemizado por Dios y su enviado divino de la tercera era, Roque Rojas.

Además de intransigente, el enviado divino me pareció sexista pues arremetía sin remedio contra "doctrina fundada por mujer ya que no es de origen divino y tiene que ser irremisiblemente falsa, porque una mujer nunca podría ser mesías divino". Por lo tanto satanizaba a las tres que se habían atrevido: doña Elena Petrovna Blavatsky, doña Mary Baker Eddy y doña Elena White, la adventista del Séptimo Día.

Jesusa se separó de la Obra Espiritual no por su intolerancia o porque sus términos le resultaran oscuros como a mí, sino porque otras sacerdotisas de bata de nylon blanca y grandes ramos de nube muy costosos la hacían menos y le pedían que se recorriera. Ella misma lo cuenta: "A la hora en que iba yo a tomar el éxtasis y que todas estábamos sentadas para que nos penetraran los seres, me daban un codazo: 'Hermanita, pásese a otro lugar más atrasito...'" Hasta que un día Jesusa se enojó y les gritó: "¡Pues allí están sus sillas y aplástense con entrambas nalgas!"

*

Jesusa ha muerto y me dejó sola. Espero su próxima reencarnación con ansia. Ojalá y me toque antes de mi propia muerte. Y si no, ojalá y la encuentre allá y donde esté, ojalá y pueda verla sentada a la diestra de Dios padre, sus piernas de caminante cruzadas sobre una nube pachona y cómoda. Cuando vida llevó sobre la tierra, a la hora en que caía el sol surgía otra vida, la de la Jesusa, la pasada y la que ahora revivía al contarla. Jesusa me informó que ésta era la tercera vez que venía a la tierra y que si ahora sufría era porque en la anterior reencarnación había sido reina. "Yo estoy en la tierra pagando lo que debo, pero mi vida es otra, en realidad, el que vive en la tierra viene prestado, solamente está de paso; y cuando el alma se desprende del costal de huesos y de pellejos que a todos nos envuelve, cuando deja bajo tierra su materia, es cuando empieza a vivir. Nosotros somos los muertos, al revés volteados, para que vea. Nos creemos vivos pero no lo estamos. Nada más venimos a la tierra en carne aparente a cumplir una misión; caminamos dándonos de topes y cuando Él nos llama a cuentas es cuando morimos en lo material. Muere la carne y la sepultan. El alma retorna al lugar de donde fue desprendida en el cielo. Como una estrella. Nosotros reencarnamos cada treinta y tres años después de haber muerto." Así, entre una muerte y otra, entre una venida a la tierra y otra, Jesusa inventaba una vida anterior e interior que le hacía tolerable su actual miseria. "Ahora me ve así, pero yo tenía mi vestido muy principal y Colombina y Pierrot me llevaban la cola porque yo era su soberana y ellos mis súbditos." Jesusa veía visiones, a Cristo de perfil bajando violeta por una cuesta, caminando con sus sandalias al borde de un precipicio, y después de esta visión, caía en el cuarto ahumado una lluvia de violetas y de pensamientos que floreaban su cabeza. Todavía poco antes de morir las vio, esos cuatro crisantemos como cuatro cirios que giraban hacia ella anunciándole el fin.

Jesusa ha muerto, ya no puedo verla, no puedo escucharla, pero la siento dentro de mí, la revivo y me acompaña. Es a ella a quien invoco y evoco. Y repito bajito los encantamientos de María Sabina, la repartidora de los hongos alucinógenos en la sierra de Huautla de Jiménez, esas palabras dulces que se van columpiando de los árboles ya que ella las decía como cantilenas, meciéndose dentro de su huipil, y bajaban desde la sierra con su olor a madera recién cortada y a granos de cacao tostado en comal: "Soy una mujer que llora, soy una mujer que habla, soy la mujer que espera. Soy la mujer que se esfuerza, soy una mujer espíritu, soy una mujer que grita. Soy la mujer luna, soy la mujer intérprete, soy la mujer estrella, soy la mujer cielo, soy conocida en el cielo. Dios me conoce; todavía hay santos. Oye luna, oye mujer Cruz del Sur, oye estrella de la mañana. Ven. ¿Cómo podremos descansar? Estamos fatigadas y aún no llega el día."

(1978 [1] y 1987 [2])

*

Juchitán de las mujeres

EL HOMBRE DEL PITO DULCE
Dicen que él es muy bueno, dicen que él tiene un pito dulce.
Nunca va a la pesca. Siempre tiene su pito dulce.
Le pusieron el apodo Pito Dulce.
Las mujeres del pueblo lo quieren a él por su pito, no por otra cosa, se burlan.
Él es campesino, todos los campesinos tienen pito dulce, todos los pescadores tienen pito salado, pues siempre tienen que estar dentro del mar.
(Recogido del informante Juan Olivares por Francisco Toledo)

En Juchitán, Oaxaca, los hombres no encuentran dónde meterse si no es en las mujeres, los niños se cuelgan de sus pechos, y las iguanas miran el mundo desde lo alto de su cabeza. En Juchitán (a 400 kilómetros al sur de Oaxaca, en el Istmo de Tehuantepec) los árboles tienen corazón, los hombres el pito dulce o salado según se apetezca y las mujeres están muy orgullosas de serlo, porque llevan su redención entre las piernas y le entregan a cada cual su propia muerte. "La muerte chiquita" se le llama al acto amoroso.

Dice Andrés Henestrosa: "En las juchitecas no hay ninguna inhibición ni cosa que no puedan decir, nada que no puedan hacer. No sé cómo son. La juchiteca no tiene ninguna vergüenza; en zapoteco no hay malas palabras. Cuando fui candidato a senador exhorté en la plaza a las mujeres en zapoteco, que es una lengua tonal y las vocales son las mismas que en castellano: aeiou, mismas que se alargan a voluntad aaeeiiooouuu, haciéndolas aún más dulces". Basta una pequeña inflexión, una pausa o el cambio de una letra, una mínima reticencia para que una palabra transforme el universo.

—Ayúdenme —les rogó Andrés— que yo las ayudaré.

Entonces una de ellas lo interpeló: "Shinú, Andrés, ¿dijiste, ayúdame o acuéstate conmigo? Porque si es lo segundo, pido mano".

—Venga usted con nosotras, Andrés, venga a la cueva.

Hicieron una gran tamalada, trajeron cuatro marimbas, y Henestrosa bailó sones y sandungas con mujeres grandotas, mujeres montaña, mujeres tambora, mujeres sonaja, mujeres a las que no les duele nada, macizas, entronas, el sudor chorreándoles por el cuerpo, deslizamientos peligrosos sus brazos, su boca en estricta correspondencia con su sexo, sus ojos doble admonición, mujeres buenas porque son excesivas. Con estas jícaras hembras, en la batalla de flores bailó Henestrosa "La Llorona", himno de Juchitán, toda la noche a sus ochenta y cuatro años hasta que se lo llevaron a la cueva.

> ¡Ay Sandunga! qué Sandunga
> de plata, mamá por Dios,
> Sandunga que por ti lloro,
> prenda de mi corazón.

> Si alguno te preguntara, ¡ay mamá por Dios!
> Si mi amor te satisface, cielo de mi corazón,
> No le des razón a nadie, ¡ay mamá por Dios!
> cada uno sabe lo que hace, cielo de mi corazón.

"La Sandunga" es el himno de Tehuantepec al igual que "La Llorona" es el de Juchitán. Ambos son sones que pueden bailarse a ritmo de vals, ay de mí, llorona, llorona, llorona de ayer y hoy, para atrás y para adelante, para la derecha y para la izquierda, meciéndose de un pie al otro, la enagua barriendo el compás sobre el piso de tierra apisonada. Las canciones son ancestrales, delicadas, melancólicas, lentas, tocadas en instrumentos primitivos, conchas, gongos, tambores con sus baquetas, las marimbas traídas del África, flautas de madera y de bambú llamadas pito, un tambor al que se le dice "caja" y el bigú indígena, la concha de una tortuga que cuelga del cuello del músico. Como lo dice Henestrosa, las canciones se cantan con lágrimas españolas en los ojos de los nativos. Pancho Nácar y Nazario Chacón Pineda entonan salmodiándolas las vicisitudes de las tortugas del arenal, ¡ay, ay pobrecito animal!, que salen del mar a poner sus huevos en la arena y se encuentran con su destino fatal. Para los europeos, las iguanas resultan horribles dragoncitos de cola larga con un espinazo de crestas espantosas erguidas en el aire, para los juchitecos el coyote es el animal más listo de la tierra y sólo el conejo ha logrado ganarle la partida, los peces-espada no son temibles, hay que cantarles la melodía de los pescadores cuando arrojan al agua su red atarraya. La canción del cocodrilo, la del jaguar, la de los cangrejos, la de la bandada de papagayos, los vuelven animales domésticos listos para sucumbir ante el encanto de las mujeres.

Dialogar en zapoteco es una alegría y una autoafirmación. Mientras mu-

chos hablan "la idioma" con timidez ante extranjeros, el zapoteco en Juchitán
es un ir y venir de vocales armoniosas y dulces que armonizan la existencia,
el regateo en el mercado, el amor en la hamaca. Los juchitecos no se sienten
fuera de la modernidad como otros que hablan la idioma sólo entre ellos. Ser
zapoteco es un privilegio y uno se siente fuera del juego. ¡Qué desgracia, no
saber zapoteco! Juchitán conserva todas sus tradiciones, su vestimenta, sus
orígenes y, aunque muchos sean bilingües, se comunican en zapoteco y dejan al fuereño chiflando en la loma. Los viejos terminan su vida en zapoteco
y los niños dicen sus primeras palabras en zapoteco: "guchachi reza" (iguana
rajada).

*

En el primero de sus cinco desmandamientos juchitecos, Esteban Ríos asen-
tó: "En todos los momentos de tu existencia amarás a las mujeres, bebiendo
el néctar de sus prominentes pechos mientras tu mástil navega en sus grutas
de fuego". En el segundo: "Adorarás la cerveza y el cigarro para elevar tu
corazón al gozo de la vida etílica sin preguntar si hoy es lunes o sábado".
Cuarto: "Convivirás con las prostitutas y homosexuales y toda la monstruo-
sidad terrenal y divina hallando en sus carnes la copulación prometida". El
tercero y el quinto harían sonrojarse al más aguerrido de los desmandados.
   Juchitán no se parece a ningún otro pueblo. Tiene el destino de su sabiduría indígena. Todo es distinto, a las mujeres les gusta andar abrazadas y allí
van avasallantes a las marchas, pantorrilludas, el hombre un gatito entre sus
piernas, un cachorro al que hay que reconvenir: "Estáte quieto". Caminan
tentándose las unas a las otras, retozando, invierten los papeles: agarran al
hombre que desde la valla las mira, tiran de él, le meten mano mientras le
mientan la madre al gobierno y a veces también al hombre. Son ellas quienes
salen a las marchas y les pegan a los policías.

> Viva Juchitán libre.
> Viva el ayuntamiento popular.
> Vivan los presos políticos.
> Libertad presos políticos.
> Libertad Víctor Yodo.
> Libertad Polo de Gyves Pineda.

En 1981, el pueblo ya es gobierno.

Diez años antes, un movimiento de pobres en Juchitán desafió a las autoridades y logró ganarle al PRI-gobierno y volverse una fuerza política de izquierda: la COCEI. Vino de Estados Unidos a estudiar el fenómeno el doctor Jeffrey Rubin, de la Universidad de Harvard y vivió en Juchitán. Después llegó su mujer, la doctora en medicina Shoshana Sokoloff de una presencia imponente y en un santiamén se hizo amiga de las juchitecas que no podían dejar de acariciar sus hombros y sus brazos: "¡Qué guapa!" Los invitaron no sólo a compartir cenas y comidas, celebraciones familiares y pleitos sino alumbramientos. ¡Qué privilegio traer a la vida un nuevo juchiteco! Shoshana quedó asombrada por la sabiduría de las parteras, por el hecho de que sus solas manos y un experto masaje sobre el vientre de la madre volteara al niño que venía de nalgas para que naciera de cabeza. ¡Cuántos alumbramientos no vio la hermosa Shoshana! Tan grande fue la cercanía que Shoshana y Jeffrey tuvieron con el pueblo que salieron hablando zapoteca. Comieron tortuga, iguana, totopos y no sólo eso, Jeffrey Rubin se volvió, como los demás juchitecos, experto en la pesca y en traer desde temprano pescado fresco para la comida del mediodía. Shoshana escribió sobre las parteras que a pesar de no saber leer ni escribir ni tener instrumentos quirúrgicos salvan muchas vidas y las invitó a presentarse en hospitales de Estados Unidos. Jeffrey hizo un estudio sobre la lucha social de la COCEI y mucho debe haberle impactado la actitud de las mujeres que hasta embarazadas han sido sacadas de su casa por la fuerza, a veces con una pistola en la cabeza, esposadas, vendados los ojos y llevadas a la cárcel. Detenidas sin orden de aprehensión, sus días de cárcel las hacen más bravas. A Vicky la metieron a una celda de un metro por uno cincuenta con "sesenta cabrones" según sus propias palabras acusada del delito de daño en propiedad ajena al pintar en grandes letras: COCEI en las bardas.

"Está cabrón", dice Vicky como quien da los buenos días. Na'Chiña perdió a su hijo Víctor Diodo y a los ochenta y seis años nunca se dejó ir. En las manifestaciones, las mujeres levantan sus puños en alto, y ella chiquitita, temblorosa, con sus brazos secos y su cabello blanco, yergue la fotografía enmarcada de su hijo.

Cuando el líder Demetrio Vallejo, oriundo de Espinal, Oaxaca, inició la gran huelga de trenes que paralizó al país en 1958, no tenía la certeza de que todos los maquinistas obedecerían la orden. En la estación de tren en el estado de Oaxaca, en la que los vallejistas dudaban del maquinista, las juchitecas de falda larga y huipil de cadena se tendieron sobre los rieles del tren para que no pudiera echar a andar su locomotora. Ver a veinticinco mujeres

EN 1929, EN JUCHITÁN LAS MUJERES LE
DEVOLVIERON A TINA MODOTTI EL AMOR A LA VIDA

acostadas una al lado de la otra con sus largas enaguas floreadas y sus hombros envueltos en su rebozo fue para los rieleros una imagen que no habrían de olvidar en muchos años. "¡Imposible defraudar a semejantes mujeres!" dijo en Mogoñé Demetrio Vallejo, cuando le hicieron un gran recibimiento a los doce años de su propio encarcelamiento. Mucho le hubiera indignado, años más tarde, la muerte de Lorenza Santiago, que embarazada cayó de un balazo en una manifestación en contra del fraude del partido oficial PRI, mientras que otro disparo destruía el cráneo del niño que llevaba dentro.

*

Hay que verlas llegar como torres que caminan, su ventana abierta, su corazón ventana, su anchura de noche que visita la luna. Hay que verlas llegar, ellas que ya son gobierno, ellas, el pueblo, guardianas de los hombres, repartidoras de los víveres, sus hijos a horcajadas sobre la cadera o recostados en la hamaca de sus pechos, el viento en sus enaguas, floridas embarcaciones, su sexo panal de miel derramando hombres, allí vienen meneando el vientre, jaloneando a los machos que a diferencia suya visten pantalón claro y camisa, guaraches y sombrero de palma que levantan en lo alto para gritar: "Viva mujer juchiteca".

Es la juchiteca la dueña del mercado. Es ella la del poder, la comerciante, la regatona, la generosa, la avara, la codiciosa. Sólo las mujeres venden. Los hombres, con su machete y su sombrero de palma, salen en la madrugada a la labor; son iguaneros, campesinos, pescadores. A su vuelta, entregan su cosecha y las mujeres la llevan cargando en una jícara pintada de flores y de pájaros a la plaza; su cabeza altiva coronada, frutas espléndidas y rotundas, plátano macho, guanábanas que se abren, papayas, sandías, piñas, anonas, zapotes, chicozapotes, guayabas que destilan su olor irrepetible. En el mercado junto a los puestos de loza vidriada verde traída de Oaxaca, la cerámica negra de Juchitán, el tasajo seco, la cecina cubierta de moscas, el azúcar morena, reverdecen las frescas hojas de plátano que se doblan cuadradas para envolver la masa de harina de maíz, la carne y la salsa de chile que conforman los tamales calientitos; en aparadores de vidrio, centellean las cadenas de oro, los collares de monedita, los aros que han de perforar las orejas. Aquí, el puesto de chocolate, allá el de la bebida prehispánica: bu'pú, espuma hecha con cacao fresco, azúcar y pétalos tostados de las flores del gie'suba batida hasta formar una espuma fragante y espesa. Refinado manjar de los reyes. Y más allá palmas, escobas, sogas, medias sogas, y más acá, huaraches, estribos, fustes, sillas, espuelas, y aquisito chapas, bisagras, cerrojos, que se parecen a los camarones redondos cerrados sobre sí mismos, amontonados en canastas, traídos por los huaves, junto con los frescos huevos de tortuga y el pescado seco, tatemado al sol. Allasito, los totopos istmeños, esas amplias tortillas que se cuecen dentro de la tierra, crujientes y rotundas como el perímetro de una falda en el suelo, son una prueba de que la vida no tiene amarguras. Los totopos ríen. Se la pasan riendo. Ríen hasta cuando les encajan los dientes. Absortos en el refugio de la tierra van al refugio de la boca a formar parte de su lenguaje.

Juchitán es un espacio mítico en donde el hombre encuentra su origen y la mujer su esencia más profunda. "Esto es lo que debo ser." "Ningún hombre, mujer o niño, por muy humilde que sea, será capaz de reconocer la superioridad de un individuo perteneciente a otra clase social", escribe Miguel Covarrubias. "No existe el comportamiento evasivo ni la humildad servil que caracteriza a ciertos pueblos, cuya fortaleza de carácter ha sido minada por la represión directa de una clase social." En el mercado, la mujer responde con desparpajo a los piropos o a los comentarios subidos de color. En el baile también. Son los hombres los que mueren de amor. Ninguna se deja, o como dice Jesusa Palancares, "allá no hay lugar para las dejadas que han de estarse quemando en el infierno, puros tizones en el fundillo".

*

Aunque Juchitán entera parece estar haciendo la digestión, la siesta del trópico se impone, se tienden en la hamaca madre e hija, el talento artístico, el talento literario de los zapotecas florece en esa hora suspendida entre azul y buenas noches, que se presta a la reflexión, a la imaginería y convierte a Oaxaca en el estado más creativo de la república, el más libre, el más trabajador. Los homosexuales venden flores. Olanudos, se visten de mujer y andan pintados en la calle, con las uñas rojas, señora tentación. Van y vienen, trajinan al igual que las mujeres que compran y venden, les amarran la boca a las iguanas que muerden muy fuerte, les echan las sobras a los puercos y vigilan la engorda de los chiquitos que se convertirán en lechoncillos rellenos en bixa orellana.

Quizá porque la madre tiene tanto peso en la comunidad, es aceptado el homosexualismo porque el muchacho ayuda al quehacer. Una madre siente gusto por tener un hijo homosexual porque jamás se va. La hija se casa y se muda y el hijo apegado a la madre cuida a la familia, el fogón, agarra la escoba, prende las candelas de cera, tiende la ropa al sol y echa totopos que es una manera de palmear al sol y calentarlo sobre el comal.

Es Juchitán el lugar sobre la tierra en que la mujer organiza la economía de todos y, al esposo agricultor, le da para sus cigarros, para sus copas; administradora de los bienes, saca a orear sus pescaditos de oro, sus centenarios, las cadenas y las arracadas, los brazaletes y los prendedores de perlas que en los bailes la condecoran como medallas al mérito erótico y preseas de combate que la pertrechan generala de todas las batallas.

Tienen las juchitecas un carácter y un temperamento muy recios y, a diferencia de otras regiones en que las mujeres se hacen chiquitas y lloran, en Jalisco, en el Bajío, en el Distrito Federal, no, ellas no, nada de abnegadas madrecitas mexicanas anegadas en llanto, en el Istmo se imponen con los olanes blancos de su tocado, el tintinear de sus alhajas, el relámpago de oro en su sonrisa. "Ponte tu casquillo de oro, Exaltación, para que te luzcan los dientes." Mujeres únicas e irrepetibles como el océano, traen tesoros escondidos, árboles de coral rojo, conchas oscuras en el centro mismo de su gracia. Por ellas no se pierden las tradiciones, los trajes y las costumbres, fiestas y velas, la Vela del Ciruelo, la del Lagarto, la de San Vicente, patrón de Juchitán, la de San Isidro Labrador, San Juan y San Jacinto. Como todo el año es de fiesta y no hay días de guardar, a la mañana siguiente no abren el mercado temprano porque el pueblo amanece crudo y desvelado. Las mujeres se ayudan entre sí con la molienda del chocolate, la guisada de los pollos, la preparación de los dulces. La Vela la organizan en común y, en una casa, la del mayordomo, se bañan las velas para ir a ponerlas a la iglesia en la misa del día siguiente; en otra casa, se amasa el pan de huevo, dulce, para la merienda; en otra se palmean los totopos; en la tercera sueltan su hervor los guisados. Mientras platican, jacarandosas, lo que dicen siempre tiene una connotación erótica, palmean, menean, amasan, prueban sus manjares: "Le falta sal". En la calle se preguntan: "Entonces vas a ir allá donde se baten los huevos..." y resuenan sus carcajadas. Las zapotecas siempre fueron abiertamente eróticas y viven a flor de piel su sensualidad. El sexo es su juguetito de barro, lo toman entre sus manos, lo moldean a su gusto, lo hacen para acá y para allá, lo amasan junto con el maíz de sus totopos. Todo se los recuerda, el zumbido del zanate de oro, el revuelo de la mariposa, el rojo del huachinango. Tanto que los extranjeros (y en Juchitán todos salvo los del Istmo son extranjeros) se escandalizan o se fascinan para siempre como Eisenstein, quien filmó a las tehuanas acostadas en sus hamacas, desnudas de

EN LA HAMACA SE DUERME Y SE AMAMANTA AL HIJO

la cintura para arriba y escribió en su diario que "algo del jardín del Edén queda frente a los ojos cerrados de quienes han visto, alguna vez, las ilimitadas extensiones mexicanas. Y tenazmente te persigue la idea de que el Edén no estuvo en algún lugar entre el Tigris y el Éufrates, sino, por supuesto, aquí ¡en algún lugar entre el golfo de México y Tehuantepec! Esto no impide ni la mugre de las ollas con comida que lamen los perros sarnosos que pululan alrededor... ni el atraso secular".

Con razón Andrés Henestrosa cuenta que San Vicente no quiso que se fundara Juchitán en un paraje en que los habitantes no tuvieran trabas ni peligros y por lo tanto se volvieran indolentes y lentos de espíritu y por eso buscó un terreno en donde el aire fuera grueso y sucio, la tierra árida, el agua profunda, la lluvia indócil y la selva tendida al pie del horizonte. Cuando dio con él, reunió a los primeros hombres y levantó la primera casa en medio del viento, personaje delgado, alto y con dos alas grises gigantescas. Todavía hace cuatro años José Joaquín Blanco constató la anarquía (aunque en muchas calles los vecinos se organizan para amontonar y quemar la basura de su esquina), "como si la ciudad nunca antes hubiera sido gobernada de modo que ha crecido hasta 150 mil habitantes sin agua potable, sin drenaje, sin pavimentación, sin servicios públicos, sin centros de salud y con un solo mercado, tan insuficiente que se desborda y extiende por todas las calles céntricas". Son motivo de bromas y de chistes las calles llenas de baches de Juchitán, "calles que nunca conocieron servicio municipal alguno", y los juchitecos las recorren echando relajo, vacilan siempre, a gritos se citan en la cervecería o en la fiesta de hoy en la noche, caminan cargados de frutas miles de miles, una verdadera muchedumbre que en la calle se siente en familia, todos se conocen, entre exclamaciones ingeniosas y abrazos convierten a la vía pública en el aparador de sus emociones. ¡Qué diferencia con el DF en que todos se escurren repegados a la pared! Con razón Benito Juárez, de luto vestido, no pudo con ellos. Los llamó insubordinados, revoltosos, ingobernables, desordenados, mentirosos, informales, desobedientes, descarados, les dijo que eran unos groserotes. El 2 de julio de 1850 en el Congreso del Estado de Oaxaca, cuando era gobernador, afirmó que se entregaban sin traba a los excesos que la moral reprueba y se sustraían a la obediencia de toda autoridad y al yugo saludable de la ley.

A los juchitecos siempre los han castigado, siempre. Cuando los españoles llegaron a Juchitán, reprimieron mucho a los zapotecas por sus idolatrías; impusieron la religión católica cuando ellos ya tenían sus dioses, Coqueelaa, el dios de la riqueza, Leraa Huila el del infierno, Nohuichana la diosa del río o del pescado o de las preñadas y paridas, el Ciruelo, el Lagarto y otros dones de la tierra. De todas maneras siguió el culto porque la gente no dejó su peregrinación anual al estero del Lagarto, luego transportado a Juchitán para rendirle homenaje. Como ya no hay lagartos, ahora le rinden a uno disecado y de la iglesia traen cruces y copones, incensarios y custodias, candelabros y patenas que llaman "los trastos del lagarto", objetos todos pertenecientes a la sacristía. Con una mezcla de idolatría y religión perpetúan las costumbres de tiempos prehispánicos, y cada año los agricultores le hacen su fiesta al Lagarto y le cantan y rezan en zapoteco.

Si ya no hay lagartos, todavía quedan iguanas. Las traen los huaves a Juchitán. Dicen que la iguana come sereno y después de ingerirlo queda tan distraída que es fácil cazarla. La caquita de la iguana sirve para las infecciones en los ojos. ¡Tantita caquita encima de los párpados y listo, queda uno bueno y sano! Las manos de madera son las milagrosas, la gente sueña con que va a encontrárselas en los árboles, a horcajadas entre el follaje. Toman las horquetas de las ramas, las tallan un poco y las llaman "la mano de Dios". Por el poder que ejercen, esas manos de árbol son casi femeninas.

Si a alguien le ha sido dado el don de la dulzura es a Graciela Iturbide. Con razón ha podido retratar hasta el más íntimo repliegue de Juchitán. Apenas si se le siente, teje en torno a cada uno de sus retratados una invisible tela de araña que lo va aprisionando. Saca su cámara de una bolsita y en un revuelo de mariposas, clic, clic, clic, baten sus manos que son alas y se evaporan en el aire. Dulcísima, los códigos, los enigmas desaparecen ante ella, las barreras caen a tierra, nube ella misma, ¿cómo no iba a recibirla la gente de las nubes, los binizá, los antiguos zapotecas? Viento ella misma, pudo confundirse con los pueblos del viento, y su espíritu de gracia-gacela-graciela se apoderó del alma de los mareños. Su fotografía traduce al castellano la lengua nube de los valles de Oaxaca y los rasgos de su espíritu sacados del líquido revelador. Los tiende a secar y nos pone en papel el agua de sus ojos que saben ver más allá de lo que nosotros vemos. Sólo una se le adelantó: Tina Modotti. Con los zapotecas, Graciela ha contraído una alianza de sangre. Pequeñísima, frágil, se yergue frente a la montaña-mole de linfa, agua y grasa que son las mujeres juchitecas que la toman entre sus brazos y la llevan de la mano al río a lavar la ropa y a bañarse, la hacen comer guisado de iguana y batir el chocolate, empinarse cervezas al sol del mediodía, la columpian en la hamaca cuidando de que no se les pierda y, al atardecer, le piden que las acompañe al camposanto o las mire trenzarse el pelo con cordones de colores, fajarse, encimarse enaguas y colguijes. Graciela, granito de anís, es parte de todos sus ritos, ajonjolí de todos sus moles, lágrima de todos sus llantos, cazuela de todos sus guisados, sábana de todos sus lechos, pulga de todos sus petates, espuma de todas sus bebidas refrescantes.

Desde siempre en Juchitán son dos las formas de contraer matrimonio, una la occidental o extraña que es la petición de mano y otra que es la de Doña Urraca y don Conejo o sea la del rapto. Cuando no les dan permiso de casarse, el muchacho, de acuerdo con su enamorada, decide robársela y la lleva a casa de sus padres. Entran a la recámara y allí la desflora con el dedo. Derramar sangre es símbolo de doncellez, virginidad, suma honra, y la doncellez es para los zapotecos una verdadera adoración. Si hay sangre, el novio saca la sábana a la ventana para que la vea todo el pueblo o la pone en un pañuelo, la enseña y la lleva al altar, los hombres tejen una corona de flores y la entregan a los padres de la novia para avisarles que su hija estaba entera, completa, buena. Toda la noche la familia ha permanecido al pendiente. ¡Qué de felicitaciones, qué de enhorabuenas! Las dos familias beben y lloran, lloran y beben, se pelean a gritos, se abrazan, bailan, vuelven a llorar y vuelven a beber. Sobre el lecho solitario, la virgen desflorada se repone, porque la desfloración es una verdadera herida y la joven necesita guardar cama. Cubierta la sábana de tulipanes rojos, de flamboyanes incendiarios, tantas manchas de sangre, tantas pruebas de pureza que los demás miran desde la puerta, a partir de ese momento la muchacha se considera pertenencia del hombre que la desfloró. Es como si cada mujer naciera para un hombre. El que tiene que tocarla es ese hombre. Por eso, una mujer que ya no es doncella no puede casarse, a menos que lo proclame a los cuatro vientos, a los marchantes, a los baches callejeros. Que lo sepa el mundo. El juchiteco no es hipócrita ni mentiroso. Por eso una madre juchiteca le dice a su hija: "Si un hombre te toca, cuélgate de él para que se entere la gente, y todos sepan quién fue. Así no estarás deshonrada ante el pueblo y puedes encontrarte a otro hombre que se case contigo. Lo que ninguno te puede perdonar es el engaño". Hay que hacer como Naila, la de la canción, que le dice a su enamorado que ya no es suya porque "anoche me emborraché con otro hombre. Ya no soy Naila para ti".

Como una señal más de su virginidad, una mascada roja corona la frente de la novia. Débil, atemorizada, no puede levantarse de la cama, con su sangre recién afilada entre las piernas, ni abandonar el lecho sucio con su sangre. Afuera cantan, bailan, se emborrachan y ríen. Ella escucha y espera. El pañuelo mojado y rojo con su sangre yace en el altar, la Virgen madre de Dios y San José lo custodian. Las candelas, las veladoras chisporrotean y forman sobre los muros figuras amenazantes.

Tiene que haber sangre. Si la novia es virgen debe de probarlo, la sangre

JUCHITÁN NO SE PARECE A NINGÚN OTRO PUEBLO

se presume a los ojos de todos. Si no es virgen, los suegros la regresan a su casa, sobre todo cuando ellos han ido al hogar paterno a pedirla. Entonces la vergüenza es para el padre de la novia, porque si la familia entera honra a la jovencita que virgen llega al altar, a la que no, sus padres la repudian y proclaman ante todos su desgracia al poner un cántaro roto o un plato agujereado en el dintel de la puerta para que el que entre sepa a qué atenerse.

Le va mejor a la novia robada y, en nuestros tiempos, los enamorados se ponen de acuerdo, matan un gallo y llevan preparada sangre de gallo o de gallina, que es la que mancha bien y bonito. Blanca y roja, roja y blanco, rojas las flores, rosas rojas, begonias, tulipanes, geranios, hibiscus, buganvilias, tinto el vino, encarnados los labios de las mujeres que lo beben, tulipanes y besos, besos en la boca del beso, los invitados entran al patio, las mujeres con su huipil de cadena y sus grandes enaguas, un ramo de rosas rojas entre las manos, su pelo trenzado en lo alto con flores y listones, las iguanas coronándolas, los hombres cargados con botellas, resuenan las maderas de las marimbas, las guitarras encarreran la alegría y la Canción del Huachinango que es el más erótico de todos los cantos, tanto que da pena oírlo, está en todas las mentes con sus crudas alusiones a la desfloración, al huachinango rojo que sangra porque ha comido tantísimos plátanos machos, al pito que se endurece, al semental sediento, a la falda levantada para mostrar el vientre redondo y recubierto de suave pelusa como un níspero, el coito, el himeneo nuevecito y entero, el sexo recién abierto y todavía fresco. Al huachinango se le llama en zapoteco Behuá que quiere decir rojo y por redundancia le dicen Behuá shiña; también shiña es colorado. En Juchitán, durante toda la noche, los pasos de baile sobre la tierra barrida huelen a pescadería.

Para el matrimonio, Mudubina, Maclovia, Isabel, Vicenta, Laila, Gudelia, Natalia, Exaltación, Alfa, Enedina, Virgen, Cibeles, Na'Chiña, Na'Cándida, Petrona, Marcelina, Bernardina, cada una con su pollo en la mano, despluman, hierven, pican, fríen, se dan de codazos y se cuentan sus amores. Sus manos están tan acostumbradas a tomar la olla como el sexo del hombre. La botella de cerveza también es el sexo del hombre y la llevan a sus labios una y otra y otra vez. Toman los viejos, toman los jóvenes, toman mucho, antes licor y vinos, ahora cerveza. Antes las mujeres bebían horchata pero desde que llegó la cervecería canjearon el líquido blanco por la malta que hace espuma. Mucha cerveza. Muchísima. Hasta el vértigo. Como el amor, hasta el vértigo. Se empinan una tras otra. A veces le ganan al hombre. La amante de Porfirio Díaz, su amante juchiteca, no la tehuana, no Juana Catalina Romero, sino Petrona Esteva acostumbraba pasar a la tienda donde llegaban los soldados a emborracharse. Petrona Esteva de más de cien años, caminaba descalza, con su huipilcito, enagua de percal estampado y un trapito sobre la cabeza. Todos los días, de vuelta del mercado con su canasta a medio llenar se detenía y el dependiente tenía órdenes de su patrón Juvencio de regalarle una copita de mezcal.

Petronita de mi vida
Petrona la luz del día,
cuando te alejas de mí, ¡ay, Petrona!,
mi alma queda vacía.
[...]
En Jáltipan nacen flores,
en Coatzacoalcos hay primores,
en Tehuantepec hay bonitas, ¡ay, Petrona!,
y en Juchitán hay mejores.

Todos querían mi muerte,
sin saber qué causa he dado.
El gusto sería por ti, ¡ay, Petrona!,
tenerme muerto enterrado.

Tú eres la linda Petrona,
Petrona de azul celeste,
no dejaré de quererte, ¡ay, Petrona!,
aunque la vida me cueste.

Antes las mujeres tomaban apenas un suspiro para probar, y eso haciéndose del rogar; ahora toman mil y todavía suspiran por otro tanto. Entonces gritan a voz en cuello que como Juchitán ninguno y que las de Tehuantepec no les llegan ni al tobillo. Cuando una mujer queda viuda o la deja el marido puede ser cervecera. Le paguen o no, si ella quiere, se acuesta con su cliente. Vender cerveza es una profesión aventurera. Puede vender su amor junto con la botella o regalarlo aunque cobre el envase. O no exigir pago ni por el envase ni por su contenido. O negarlo. Depende. Una viuda se mantiene casta hasta cierto día. Entonces va al panteón y le habla al muerto:

—Hasta hoy te fui fiel. Ahora ya no.

Se acuesta con el vientre de cara a la tierra y pone su sexo sobre la tumba.

—Te lo aviso: me voy a ir con otro. Hasta hoy te pertenecí. A partir de esta noche, ya no.

La cervecera es una mujer libre, que no se aflige, al cabo Juchitán es colorado, el amor se desperdiga en las milpas, en las matas de sandía, a orillas del río; el amor, allá, se cumple a la intemperie; Juchitán es la saga de las pasiones primarias en un mundo concebido antes del pecado original.

Gabriel López Chiñas, Macario Matus, Víctor de la Cruz, Francisco Toledo, Manuel Matus, Leopoldo de Gyves alias Polín, Juan Stubi, Héctor Sánchez, Guillermo Petrikowsky y Daniel López Nelio brindan a la sombra del tulipán. Le cantan un corrido al Ché Gómez quien murió bajo el fuego de la metralla pidiendo "Democracia y Justicia para un pueblo soberano". Hablan en zapoteco porque antes, en Juchitán, no se conocía el español. Cuando lo oían hablar, los mixtecos del Barrio la Séptima se escondían; cerraban las puertas y se atrancaban en su casa. El zapoteco es más dulce, más dócil que la castilla. Es un idioma mujer. Allá tras la barda muy parejita ríen las tecas entre los carrizos que son rayas verdes en el cielo. Dice el dicho que la que sola se ríe de sus maldades se acuerda. Cuenta Andrés Henestrosa que en zapoteco "al hombre engañado se le llama Ne é yaquí, el de los pies quemados, o sea Cuauhtémoc porque la leyenda dice que la princesa Malintzin esposa de Cuauhtémoc se fue con Cortés por su gusto, siendo al revés volteado, Cortés se la robó. Un día, platicábamos sobre la infidelidad femenina y protestó en zapoteco una teca: 'Déjense de cosas. Si a San Vicente lo quemaron, si Cuauhtémoc era rey y señor y le tatemaron los pies, con más razón a ustedes. ¿Quiénes son ustedes para que nosotros no podamos quemarles los pies?' Después se llevó la mano a la boca y dijo: 'Ay, ay, ay, si allí está mi marido'. Mentira, ya sabía que su marido la escuchaba. Los hombres en Juchitán aguantan, no hay pelea, la mujer puede decir lo que quiera mientras no lleve lo dicho al hecho. Lo que no perdona el hombre es la infidelidad y las juchitecas son muy fieles (bueno casi todas) y su lealtad no les pesa ni les quita su gran gusto por la vida. ¡Ah bárbaras! Los juchitecos son unos extraordinarios fornicadores, ¿verdad?, increíbles. Somos encarnizados, desesperadamente fornicadores. A la mujer la montamos a todas horas para que a todas horas tenga a un hombre encima".

Los juchitecos tienen su nagual muy poderoso y siempre anda asomándose por los rasgos de su cara, los miembros de su cuerpo. Sangre de tigre o de conejo, o de zanate o de coyote o de tortuga o de lagarto o de pescado o de armadillo, los va recorriendo. Asegún. Los únicos que cuentan en Juchitán son los animales. Ellos son los reyes, los tótems, los signos de identidad. Cada juchiteco tiene su animal y es él el de las grandes decisiones, el definitivo. Nada de lo que yo hago lo hago por mí, sino por el animal que traigo dentro. Porque mi doble camina yo camino, porque mi doble vive yo vivo, y muero cuando mi doble muere. No soy yo el que muere primero,

LA JÍCARA Y EL ESCARMENADOR DE MADERA LE SIRVEN A TODA LA FAMILIA

muere él y luego muero yo. O morimos juntos. Tan arraigada es esta creencia y tan verdadera que cronistas como fray Francisco Burgoa que no tenía por qué impresionarse cuenta que fue a un pueblo más allá de Izmatlán a dar una extremaunción. Al vadear un río, el caballo del moribundo había pateado a un lagarto en el plexo (suponiendo que los lagartos tengan plexo solar) y, efectivamente, el hombre moría de un dolor en el pecho. El lagarto era su nahual, su doble, y su vida estaba unida a la de él, y si él moría, moría el hombre también.

El valor del juchiteco no se compara al de ningún otro mexicano. Es de otra clase. Cuando la toma de Ocotlán, el general Charis, fiel al gobierno de Obregón, peleó contra los delahuertitos, y quinientos juchitecos pasaron el río Lerma con el máuser en la boca y establecieron el puente. La orden que dio en zapoteco a sus soldados fue muy clara:

—Si ven que me agacho es que tengo miedo. Mátenme sin una pausa. Pero si ustedes se agachan, los mato.

Obregón decía que no había soldado más valiente en su ejército. En Juchitán no hay un hombre que sea más hombre que otro, imposible, todos son igualmente temerarios.

En la Revolución y más tarde en la guerra de los cristeros muchas soldaderas del Istmo murieron deteniéndole el máuser a su hombre. Juchitán dio a la Revolución diez generales y mil hombres. Obregón, ya manco, llegó a Juchitán en octubre de 1920 y terminó su discurso en el Zócalo diciendo: "No hay un panteón en la república donde no esté un juchiteco muerto por la causa".

Cuando Andrés Henestrosa era niño, dos partidos se disputaban el poder, el verde y el rojo. El verde era el revolucionario y liberal y el rojo, el conservador o reaccionario, como en la Guerra de Intervención del Imperio. La clase pudiente-rica-reaccionaria fue huertista y aplaudió el asesinato de Madero. Los verdes fueron soldados de la Revolución. El 5 de mayo de 1920 entró el general Charis a Juchitán y se pelearon las mujeres verdes contra las rojas. Todavía hoy, el empeño de las mujeres que pelean es levantarle la falda a su contrincante, para mostrar a la concurrencia el sexo de su contraria. Tener poblado el pubis es una garantía política; en su frondosidad reside su fiereza. La derrotada roja alegó: "Yo le perdono que haya dicho que yo, casada y con marido, tengo amantes; todo se lo perdono, lo que no le perdonaré jamás es que diga que no tengo vellos en el sexo". Decirle a una mujer: "Tienes el sexo pelón" es condenarla a la derecha: "Hasta en eso, eres reaccionaria".

*

En la oscuridad de la noche, el gato montés maúlla (los felinos son escanda-
losos para hacer el amor, se oyen desde lejos); en el río, el martín pescador,
y en el árbol el pájaro carpintero martillea; mantienen erecto su miembro-
ojo-avizor-antena-periscopio enseñándolo como un bejuco más en medio de
los bejucales y los amates blancos. Entre el vaho de la noche se oye su ir y
venir inquietante, el pisa y corre de los que encajan su pito y se van volando.
Bajo los arbustos palpita una vida misteriosa, se gestan millones de seres
vivientes, una vegetación desbordante crece densa, salvaje, lujuriosa. La tierra jadea. En Juchitán, que significa lugar de las flores blancas, el semen es
el que blanquea: la abundancia de animales comprueba esa inacabable actividad sexual.

La yegua ya no se mueve, dos cascos de caballo en su lomo. La yegua,
ensartada, apenas si pestañea, sus belfos abiertos. En torno a la pareja se ha
detenido el viento que antes soplaba, resoplaba, bramaba como los toros que
braman por su vaca, como los perros por las perras en brama a las que no
dejan hasta encuatarse, pegados a ellas una eternidad. "Échales agua, échales
agua." "Pero si no se están peleando, se están amando." "Tú échales agua,
si no yo los voy a agarrar a palos." El perro, su deseo palpitándole en los
ojos, erizado cada pelo de su pelambre, monta tenso y queda al revés volteado. El burro monta, el chivo monta, el toro está a punto de quebrarle el
espinazo a la vaca, el cerdo huele la proximidad de la hembra en calor, y
antes de empezar, ya está echando una catarata de semen, su miembro es un
tirabuzón, un sacacorchos enorme, un rehilete de feria, entra y sale en un
movimiento frenético. Los tortugos vienen a acabarse sobre la tortuga; hacen
el amor hasta morirse. El apareo de las langostas, el de los camarones, el de
los changos es menos sagrado que el de las iguanas. Dos palomas se despluman en el aire para adueñarse de un palomo. Juchitán es calor todo el año.
Las iguanas, los coyotes, las chivas, los conejos, los sapos copulan y Toledo
al pintarlos pinta el origen de la vida. El viento de San Mateo del Mar se
abraza con el de Ixtepec y la brisa de Salina Cruz sube a Espinal en busca
de su pareja. Sobre la tierra de Juchitán esparcen los vientos sus olores ma-
rítimos, aquellos que encienden el deseo.

Y la esperanza.

(1988)

Los ojos de
Graciela Iturbide

DIECISÉIS FOTOGRAFÍAS

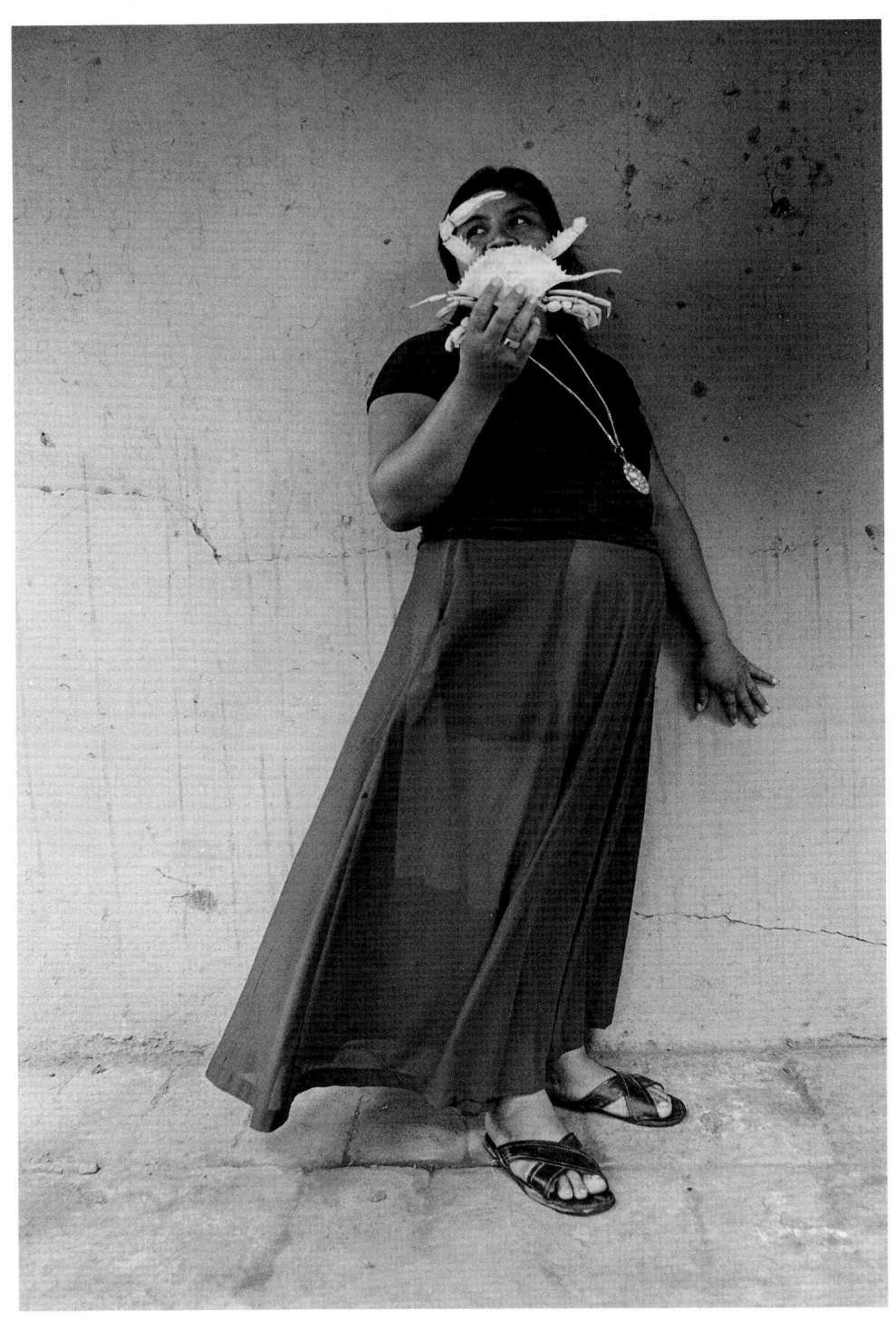

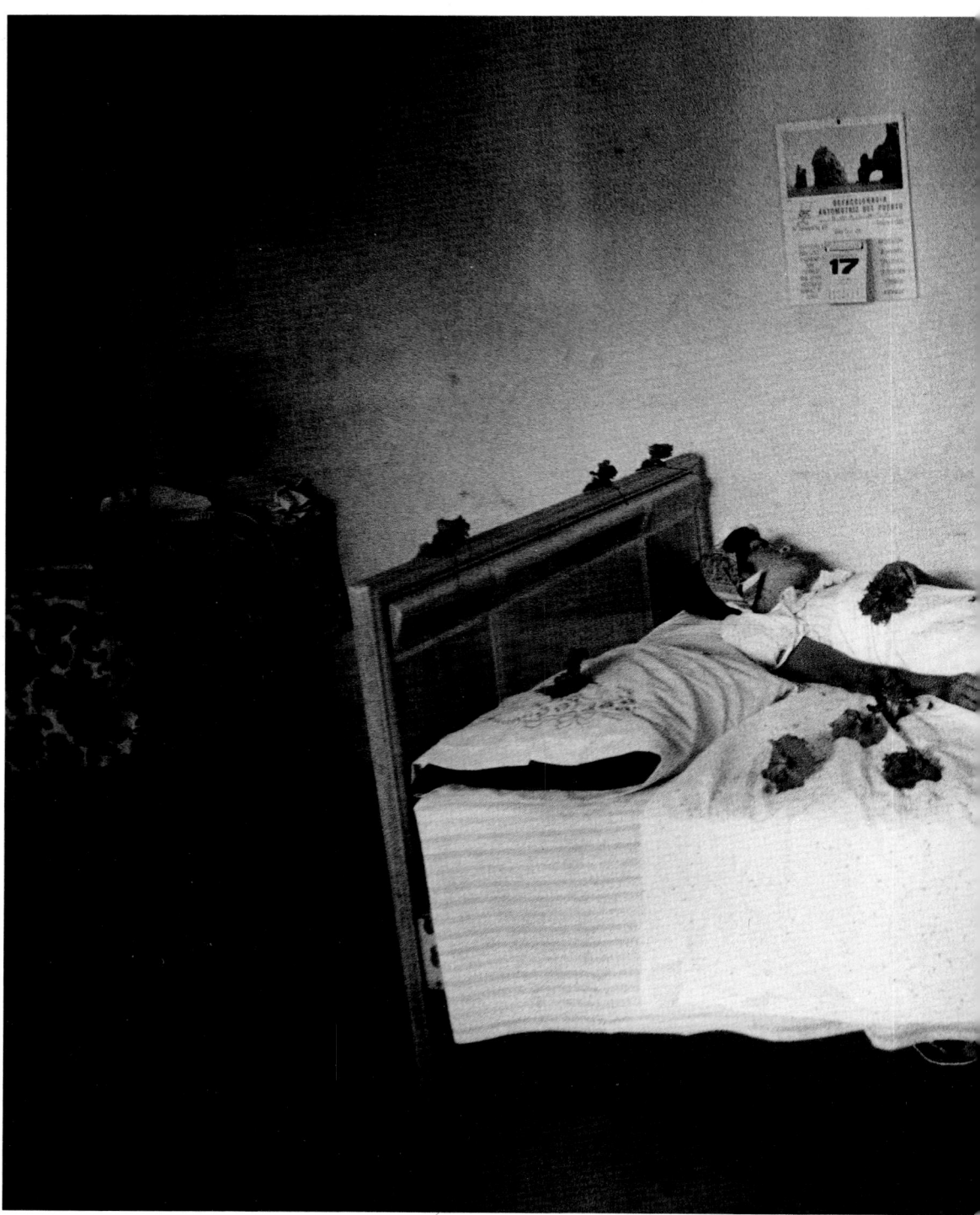

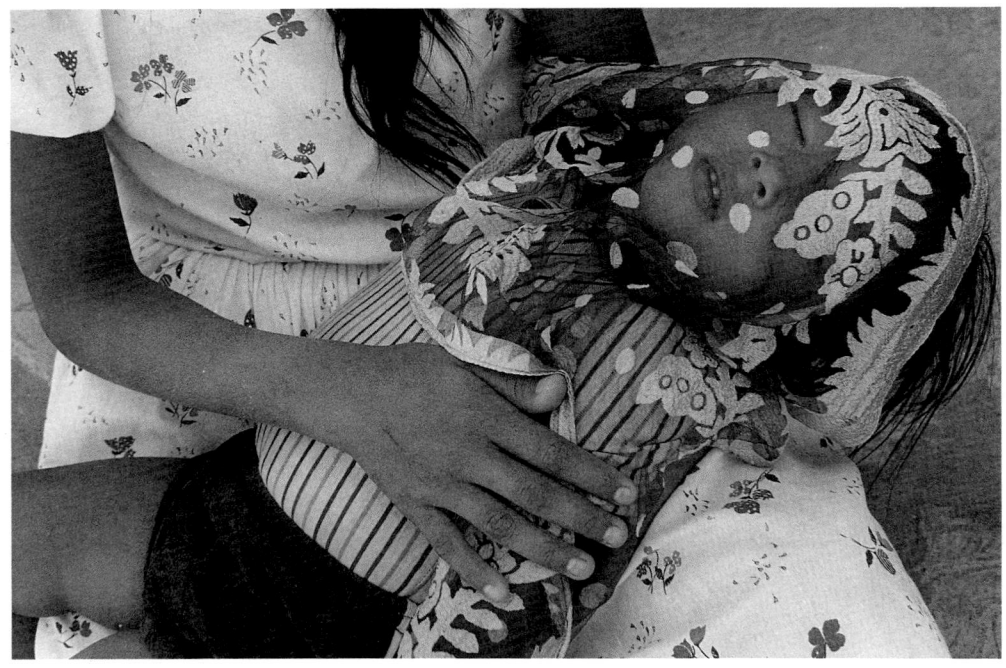

✳

Se necesita muchacha

Dice Simone Weil que una de las obligaciones eternas a favor del ser humano es no dejarlo sufrir hambre. Los egipcios pensaban que ningún alma se justifica después de la muerte si no puede afirmar: "No dejé a nadie sufrir hambre". El continente latinoamericano es el del hambre. La FAO estima que de los 500 millones que viven en el mundo al borde de la inanición más de la mitad están en América Latina.

Según las estadísticas de 1970, en México había un millón de desempleados, el 77 por ciento de los mexicanos mayores de seis años no había cursado sino el primero, el segundo de primaria y el 35 por ciento era analfabeta. Más de treinta millones carecían de atención médica pues en la gran mayoría de los municipios no hay médico.

Más que las estadísticas, deberían golpearnos los hechos. Una mujer que hurga en un bote de basura dice más que todas las cifras. Un hombre tirado en la banqueta, encogido sobre sí mismo, sus latas vacías a un lado, su cuerpo de pobre asomándose a través de sus hilachas, debería marcarnos para siempre. Pero, ¿se nos graban los ojos de los niños cubiertos de cataratas, que aquí llamamos "nubes", los pies descalzos que atraviesan rápidamente el asfalto que hierve? Es fácil tener buenos sentimientos frente a la fotografía del niño hindú de la UNICEF con su costillar, sus terribles ojos inmensos que solicitan que lo adopten porque siempre se puede volver la hoja y decidir que India y su lepra están muy lejos, pero ¿un frijolito mexicano, un niño que aguarda sentado como un perro u otro que en el camellón ofrece chicles con sus mocos verdes colgándole de la nariz provoca piedad o disgusto? ¿No es el disgusto el sentimiento que priva?

Las oligarquías de México, de Perú, de Brasil, de Argentina, de Guatemala, de El Salvador, de Uruguay, de Ecuador no tienen entre sus preocupaciones la del hambre. Más bien, las patronas racionan las tortillas con las que alimentan a sus sirvientes. Los pobres son simplemente "los otros", la carne de cañón, los pelados, los perros que se les meten entre las piernas y les impiden caminar, los accidentes del camino, los condenados de antemano, los indios, la plebe, los "jodidos", el coro oscuro y mugriento de los esclavos, "el servicio". Porque de esa masa prieta, chaparra y anónima salen los criados, peones acasillados, hombres y mujeres, ancianos y niños sobre quienes descansa el buen funcionamiento de la hacienda, hombres encorvados, manos y pies amaestrados, trotecito indio, cabeza gacha, ojos taimados, panzas hinchadas, que los dueños en su infinita miopía confunden con mansedumbre y quietud. Los grandes latifundistas cavan en esta arcilla lodosa que no puede ser sino doméstica. Con la mano la aplanan, le dan forma y la ponen a secar al sol. Cuando se resquebraja la tiran. ¿Qué otro destino tienen los cántaros rotos?

*

En cuanto a individuos los sirvientes tienen miedo y en cuanto a agrupación humana también. Dice Eulogia en el libro de Ana Gutiérrez *Se necesita muchacha* (FCE, 1983): "Algo así sería por lo que me han hecho de todo, se me ha quedado como un miedo por el sufrimiento que me han dado y de eso será, pues, toda esa timidez que no se me quita". El miedo los tulle, los balda, les impide hacerse oír. Lo contraen desde que abandonan el campo y llegan a la ciudad. Una nueva vida se les avienta encima y los agrede. Aterrador es el congestionamiento, las calles que hay que cruzar, el estruendo de los automóviles, el ajetreo en las banquetas, la burla, la turbulencia, la indiferencia, el ulular de la sirena de la Cruz Roja que de pronto congela el alma, y las calles, estas calles hechas sólo para perderse. Una vez en "el servicio" el cuento es otro, pero el miedo no disminuye. La casa, sus puertas que no saben abrir ni cerrar, sus ventanas corredizas, los enormes espacios de vidrio por los cuales a veces atraviesa, estrellándose, la luz eléctrica, los enchufes que dan toques, los excusados, los collares de la señora, las corbatas del señor, los bibelots, las relaciones en que priman la eficacia y la premura, todo las desconcierta y las atemoriza. Muchas de ellas son otomíes, hablan "la idioma", se tapan la boca si ríen y sólo de vez en cuando relampaguean sus encías rojas y si no se les entiende, tampoco ellas entienden. Están acostumbradas al buenos días, buenas tardes del pasito menudo y cabizbajo de los que cruzan en la brecha en el campo, el buenas noches murmurado al atardecer cuando regresan de la parcela, y de pronto se encuentran con la ciudad·rota en todas partes, la gente también rota, la prisa, los empellones, la gesticulación. "Yo no voy a salir porque todos me testerean". En el Defe alguien que saluda no mueve a respeto sino a risa, es un payo, un provinciano, un indio al que bajaron del cerro a tamborazos. Una sirvienta que les dirige la palabra a los invitados mientras sirve la cena infringe la regla, no está bien entrenada. A la patrona sólo puede hablársele si ella lo autoriza y en el lenguaje y la forma que ella impone. El miedo se acendra, cala hasta los huesos, miedo al patrón, a la patrona, miedo a costumbres que no comprenden, ritos inexplicables, bocinas negras que suenan y de las que sale una voz humana, aparatos que de pronto zumban y se echan a andar al unísono en un infernal sacudimiento de cables y tornillos como en la película de Joyce Buñuel, *La jument à vapeur*. Incluso si el miedo yace en estado latente de modo que sólo se resiente en ocasiones como sufrimiento, permanece dentro del hombre; esta enfermedad equivale a una parálisis del alma.

*

En México la otra cara de la moneda es Perisur, centro comercial donde se agrupan 149 tiendas en torno a cuatro grandes almacenes: el Palacio de Hierro, el Puerto de Liverpool, París Londres y Sears. Dentro del escaparate está la patrona con sus vestidos, maquillajes, cremas, pelucas, detergentes y aparatos para adelgazar. Afuera, abriendo la boca, la sirvienta flanqueada por la escoba y el recogedor.

Perisur, a imitación de Houston, posee un estacionamiento gratuito en el que entran 6 500 automóviles, y los sábados y domingos la afluencia varía entre 50 y 60 mil personas. A las cajas registradoras de los 149 establecimientos ingresan, según datos del Instituto del Consumidor, más de 3 000 pesos por segundo y se estima que diariamente hay ventas por 100 millones de pesos. A Perisur no tienen acceso los que no pueden consumir ni mucho menos exhibir su riqueza. Allí no entra un albañil, una criada. Perisur sólo tiene que ver con un sector reducido de la población, el que es capaz de comprar extravagancias tan caras como imbéciles: cuernos de marfil (para que hagan juego con los propios) a 250 mil pesos, guacamayas (para que hagan juego con la esposa) a 30 mil pesos y globos, sí globos, leyó usted bien, globos por la estratosférica suma de 80 pesos. Si se sabe que el salario mínimo en el Defe es de 163 pesos diarios, el globo (aire contenido en una bolsa de plástico) representa la mitad de un día de trabajo más 3 pesos.

Nadie que va a Perisur sabe lo que es el hambre. Alonso Rivero, de El Puerto de Liverpool, dio inconscientemente un dato esclarecedor. "Esto no es un centro de diversiones, sino un centro comercial; aquí la gente viene a comprar, por eso no hay cines. Y los restaurantes que existen se crearon en función de que si les da hambre a quienes vienen a comprar puedan comer 'algo', pero que no sólo vengan a comer." Todo está planeado de antemano y nada, absolutamente nada se dirige a los 65 millones que viven en nuestro país y no pretenden adquirir "status" ni prestigio, ni ser "gente de categoría" o "gente que tiene el don". A esta misma gente que tiene el "don" de Domecq le parece normal comprarse un vestido de 6 mil pesos. En cambio se quejan de lo mucho que come su sirvienta: "Está tan gorda, se ve tan mal, y sigue comiendo. La pongo a dieta y cuando volteo ya se echó sus tacos de frijoles".

Por eso Perisur, inaugurado para la Navidad de 1980, es sólo un reflejo de nuestro agringamiento y una injuria al pueblo de México.

*

"Yo en mi tierra era Catalina. A mí me decían doña Gudelia por ser la hija de Ernestinita, la del molino." El problema más grave de las sirvientas es el del desarraigo. En la ciudad, al contacto de costumbres y tradiciones (si así pueden llamarse las formas impuestas por la patrona que las encasilla), les son cercenadas sus raíces o ellas mismas las van arrancando, rompiéndolas en un proceso cuyo dolor viene más tarde, ya que en el momento mismo la rapidez del cambio impide tener conciencia de él.

Las patronas a las que se enfrentan les resultan seres ajenos, su lenguaje casi ininteligible, su modo de ser y sus humores tan imprevistos como los aparatos eléctricos que un día funcionan y al día siguiente ¡zas!, echan un tronidito, un humito y ni para atrás, ni para adelante. Así, las patronas que se pasean marcianas por la casa, con su mascarilla de yema de huevo, su bata y sus pantuflas son dignas representantes de Televisa. Allí vienen con su jugo de naranja en la mano, sus tubos, cuando no su pelo encrespado de crepé de salón de belleza para esconder adentro a su amante o a su marido chiquitito, tanto que se les pierde en la cama. Porque a casi todas las patronas el marido se les encoge, puros maridos sin sanforizar o que pasan por el hogar dulce hogar como chiflonazos, cuando no aparecen de noche a la hora en que todos duermen profundamente y dejan como huella de su señorío un montoncito de ropa al lado de la regadera que hay que lavar hasta la próxima. "La ropa del señor", ésa sí es merecedora de todo respeto, la camisa bien planchada, los calzones y las camisetas cuales hostias por consagrar dentro

SIEMPRE SON LAS QUE COMEN MENOS, DUERMEN
MENOS, VELAN EL SUEÑO DE LOS DEMÁS

del clóset. Si alguna inmaculada concepción existe es precisamente la de la ropa interior masculina bien alineada en su nívea blancura. También es impoluta la cocina en la que todo refulge de contento; allí no hay más que sonreír y ser feliz mientras los panqués se hinchan en el horno y salen esponjaditos, esponjaditos como el mejor sol de la mañana, al menos así lo pregona la caja con la harina que anuncia el milagro: la masa es una nube, la limpieza se hace sola, la ropa queda suave y muy blanca con sólo verter unas cuantas gotas, nada hay que hacer salvo esperar sentada encremándose las manos con Ponds mientras las escobas, las jergas, los trapeadores y el recogedor trabajan afanosamente, ligeros, modernos, cómodos, aerodinámicos, impulsados por el Espíritu Santo, el mejor robot de todos los tiempos.

*

Si una sirvienta describiera a sus patronas sucesivas abarcaría una gama infinita de los caracteres que describió La Bruyère: desde la que la llama "hija" a usanza de los hacendados aunque la manda a limpiar el excusado dos veces al día, hasta la ausente, la que tiene en su mirada enormes distancias, la frustrada por la vida, la cornuda quien permanece horas en su recámara o en el baño de espejos, la de los tranquilizantes y euforizantes, la que nunca parece verla y le da órdenes vagas y la viste de uniforme: "el negro con el delantal de encaje para las visitas", "el de las rayitas rosas, el de las rayitas verdes, el de las rayitas amarillas, el de las rayitas azules para el diario", desde la que se siente "muy buena onda" y pretende integrarla a la familia haciéndola cómplice y atarantándola a confidencias de "chava alivianada y sin barreras sociales" y no solicita a cambio las suyas porque ni siquiera piensa —en su infinita magnanimidad— que su oyente tenga algo que contar, hasta la que se instituye en su ángel de la guarda y su conciencia crítica, se mete en su vida, sus amistades, su forma de vestir y sus hábitos alimenticios. (Todo ello dictado por un espantoso temor a quedarse sin ella.)

Allí están las patronas con sus interminables conversaciones telefónicas, sus quejas, "ay, no sabes cómo traigo las manos porque se me fue mi chichimeca un mes y tengo las uñas hechas un verdadero asco, qué desastre, me urge un manicure pero a gritos, ahora que tengo una voy a ir al salón" o "desde que entró mi popoloca me la paso llevando a arreglar la licuadora o la barredora, comprendes, esta Inocencia tiene unas manitas", su psicoanálisis, sus clases de bridge, su "anoche llegué otra vez a las dos de la mañana y ¿qué crees? la kikapú que ahora tengo y es una imbécil me trajo la bandeja del desayuno a las nueve de la mañana", su Liverpool y su mal humor por la dieta de la toronja, su "Inocencia, vete a buscar mis llaves, las dejé arriba, creo, pero córrele porque ya se me hizo tardísimo", hasta sus depresiones, sus largas explicaciones también telefónicas acerca de su "yo" ninguneado, el ser y la nada que de pronto las embiste cual toro de Miura y las deja bien agujereadas porque así son de canijas las crisis existenciales: la señora Velasco, la señora Islas, la señora Ballina, la señora Serrano, la señora Guzmán, la señora Navarretè.

Todas son totonacas, mazahuas, mixtecas, chontales, otomíes, mazatecas, choles, purépechas. Todas son indígenas. Hay pocas tarahumaras porque Chihuahua está lejos. México, Bolivia, Perú, Guatemala, El Salvador, Honduras, los países de población indígena son surtidores de sirvientes y de artesanía popular. Hace casi quinientos años que su situación es la misma. Un escritor francés, A. de Tsertevens, escribió *Le Méxique, pays à trois étages* y colocó a los indígenas en el sótano. En el piso alto estaban los alemanistas (era el sexenio de Miguel Alemán) y los iniciativos privados, águilas descalzas en hacer fortuna en nuestro cuerno de la abundancia. ¡Y claro está, también los mil millonarios que produjo la Revolución Mexicana y que Carlos Fuentes retrata en sus dos mejores novelas: *La región más transparente* y *La muerte de Artemio Cruz*. En el segundo piso se encontraban estirando la cabeza todos los que aspiraban al primero, la clase media balbuciente que quería vivir como en Estados Unidos y en el tercero, el pueblo, la pura raza.

Este México del sótano es el de los esclavos, el de la carne de cañón, carne de presidio, el que no produce y por lo tanto sólo sirve para servir a los demás. Este México es el México oscuro, el profundo, y aunque nadie lo crea, el bronco. Es el de los plomeros, los ropavejeros, los "maistros" electricistas, albañiles, los afiladores de cuchillos, los camoteros, los vendedores ambulantes, los que limpian parabrisas, el de los barrenderos, los boleritos, los papeleros, los cortineros, los vendedores de boletos de lotería. Es el México de abajo. Es el del México, México rarrará, es el México de Jesusa Palancares y el de la Revolución.

De Santa Lucía Miahuatlán de donde proviene Jesusa, de Santiago Tlazoyaltepec, de Santa Cruz Zenzontepec, San Lorenzo Texmelucan, de San Andrés Paxtlán y otras poblaciones oaxaqueñas que de tan miserables rayan en la indigencia total, llegan las sivientas al Defe para trabajar en casa de los Azcárraga, los Peralta, los Larrea, los Arango, los Garza Sada. Los extremos se tocan: el México de arriba y el de abajo, la planta alta y el sótano. El de

SESENTA Y SIETE MILLONES DE MEXICANOS VIVEN EN
LAS MÁS DESCARADAS CONDICIONES DE MISERIA

en medio no es ni chicha ni limonada. Todavía no pinta. Los del sótano están solos pero son muchos.

*

Allí están paradas en la esquina con su pelo suelto hasta la cintura, su suéter de cocoles lilita, cremita, rosa, sus zapatos de tacón que entorpecen su andar y son, para sus patronas, fácilmente reconocibles: Petronila, Tomasa, Aurelia, Ausencia, María, Elena, Cecilia, Honorata, Salustia, Cristina, Felipa, Ignacia, Inocencia, Domitila, Tiburcia, Romanita, María Luisa, Efraína, Chabela, María. Cruzan sus manos sobre su vientre, les brilla la cara redonda. El pelo alisado, los ojos. Les brillan los zapatos, la piel. Qué piel fresca, pulida. A veces Petronila dice algo, las otras se lo festejan. Todas ríen. Entonces enseñan lo mejor de su rostro: sus dientes fuertes y blancos, dientes de maíz, dientes de *Popol Vuh*, dientes de América Latina, dientes que son los elotes de todas las mazorcas, dientes hechos por la tierra, el aire, el viento. Los choferes dentro de sus coches pasan junto a ellas y no las ven. O tan poco. No importan. Son las criaditas, las gatas domingueras. Ellas en cambio esperan con su carita de luna, luz y luna, las lunitas. Esperan, ¿qué? Es su día de salida. ¿Qué van a hacer? Nada o casi nada. Quizá den la vuelta en Chapultepé (siempre se comen la "c") o vayan a la Villa, ésa sí que es una excursión, se chupen una paleta helada o compren un barquillo. Se conforman con poco. Sentarse en el pasto del parque, cuidando de no arrugarse el vestido, es ya una pura gloria, recargarse contra el árbol, recargarse más tarde en su brazo, decir "ya se me declaró" aunque resulte casado, es el trayecto obligado. Más que conclusión, la frasecita adolorida: "Pues me engañó" es un lugar común, como lo es también la excusa: "Me dijo que me quería y yo se lo creí". Pues sí, todas creemos. Y a todas nos hacen guajes.

Durante el sexenio de Echeverría en que se le dio tanto empuje a las artesanías, una joven tejedora, verdadera gran artista, ganó el primer premio en un concurso de artesanías. Cuando el director del Fideicomiso para el Fomento de las Artesanías, Tonatiuh Gutiérrez, le estaba haciendo entrega de su premio en Oaxaca, ésta inquirió:

—Oiga y ¿usted no necesita criada?

Incrédulo Tonatiuh respondió:

—¿Tienes una amiga que esté buscando trabajo?

—No, es para mí.

Tonatiuh fue a ver a su familia, prometió mandarla a la escuela, ver por ella y se la trajo a México a su casa. Durante el día era criada y en la tarde se iba a la escuela. No volvió a tejer. Empezó a arreglarse, a pintarse, salía a la calle muy pizpiretita hasta que la embarazó un amigo de sus amigas. La tejedora nunca sintió la suficiente confianza como para decirle a Tonatiuh lo que le sucedía, simplemente desapareció. Entonces Tonatiuh se preocupó: "Y ahora, ¿qué voy a decirles a sus padres?" Embarazada, la muchacha se fue a refugiar con una tía del Defe, pero como era muy joven, estaba muy delgadita, mal de salud, la tía se asustó y le dijo que no la podía tener en su casa. Volvió a aparecer en su pueblo de Oaxaca, pero no con sus padres sino que allá fue a pedir asilo a la casa de una vecina. "Es que me da demasiada vergüenza con mis papás." Total se destrozó la chica que ante todo era una auténtica artista. El niño se le murió al nacer y por poco se muere ella también. Ya no fue tejedora, ni madre, ni hija de sus padres, ni sirvienta de sus patrones. Este relato es el de la confrontación de dos mundos absolutamente distintos por más bien intencionados. Esta tejedora, como muchas otras muchachas, venía de una comunidad pequeña en la que todos se conocen y se saludan y en la que las labores del hogar tienen un sentido distinto porque se trata de otra cultura.

Fátima en *Se necesita muchacha* advierte:

"A nuestros papás en el campo no les alcanza para mantenernos, por eso nos mandan del campo como corderos porque a los patrones les conviene que el hijo del pobre sea su sirviente." Curiosamente, los padres que en el pueblo las cuidan, no las dejan salir de su casa, las protegen, celan su integridad, un buen día se deslumbran y así de golpe y porrazo, sin pensarlo mucho, les dan permiso para venir a la ciudad solas. Después de todo la vida está compuesta de imponderables. ¿O será la ferocidad de su esperanza? Quién quite y les vaya bien, quién quite y mudándose mejoren, quién quite y se les aparezca la Virgen de Guadalupe, quién quite y ésta las recoja bajo su manto y les llene el ayate de rosas blancas. En todo caso, las envían para bien. Y casi siempre les va mal. Se encuentran con una cultura que no es la suya, y no es que no sepan hacer el quehacer, "al fin indias" como dicen las patronas, es que su realidad es otra, sus costumbres otras. Su metate, su agua clara, el río en el que lavan la ropa que retuercen golpeándola contra la piedra, su piso de tierra barrida nada tienen que ver con una cocina Delher, una batería Vasconia. Por eso cada una de esas vidas es una tragedia, sólo por excepción logran tener un hogar, llevar una vida más o menos estable. La gran mayoría pierde el equilibrio; están desorbitadas. De repente en medio del ruido y de la indiferencia de la ciudad, reciben una avalancha de nuevas emociones, de sensaciones desconocidas, su destanteo es terrible, pueden hacer lo que nunca les dejaron en su casa, son presa fácil de cualquiera y los hombres con quienes se topan, igualmente inestables y desquiciados, se aprovechan de la situación. Y nadie las puede ayudar. Cata, recuerdo, enloqueció por Piporro, un artista de cine de bigote y pistola a quien un día descubrió dentro de la caja idiota. Cayó fulminada. Pasó de la tele a ver los domingos todas sus películas en los cines en que las exhibían. Entre semana las repasaba mentalmente. Su delirio llegó a tal grado que a sus amigas les presumió que trabajaba en casa de Piporro y me pidió que no la fuera a echar de cabeza, así es de que cada vez que contestaba el teléfono respondía yo religiosamente: "Casa de Piporro", que además suena parecido a "Haro". Hasta que Guillermo me puso el alto porque ya estaba yo sugestionadísima y, sin conocerlo, dispuesta a que nuestra casa pasara a manos de Piporro. Cata se fue al norte, de donde es Piporro, con un camionero que la embarazó. De vez en cuando llama por teléfono; ya no ríe y lo que más me entristece es que no pregunta si he sabido algo de Piporro, cosa que siempre inquiría al verme hojear los periódicos.

Así es esta recochina vida. Muchas sirvientas se embarazan y allí termina su historia. Su maternidad la viven como un castigo y muchas abandonan a sus hijos en el "General" cuando no han intentado antes deshacerse de ellos. El "feliz alumbramiento" de las burguesas, con su moño azul o rosa, según el producto que parieron, se convierte en un acontecimiento traumático. Para poderlas sacar del pabellón de maternidad del Hospital General hay que donar sangre o cincuenta pesos o una canastilla-ropón. Si no hay un solo familiar que done sangre, la "enferma" no tiene derecho a visita. Por lo tanto vive su maternidad como un castigo y la suya no es la sofisticada depresión postpartum de la que hablan los médicos sino el enfrentamiento con una realidad atroz porque en su gran mayoría las mexicanas somos madres solteras.

*

Si México es colonial, Perú es feudal. Tras de las bardas de las mansiones se esconden tantos siervos como tesoros. El hermano del expresidente Prado tiene una colección de piezas arqueológicas incas sólo comparable —o quizá superior— a la que tienen en México Josué Sáenz y Jacqueline Larralde de Sáenz, y otra de cuadros religiosos que probablemente se equipara a la que pudiera reunirse en varias casas coloniales de Coyoacán y de San Ángel.

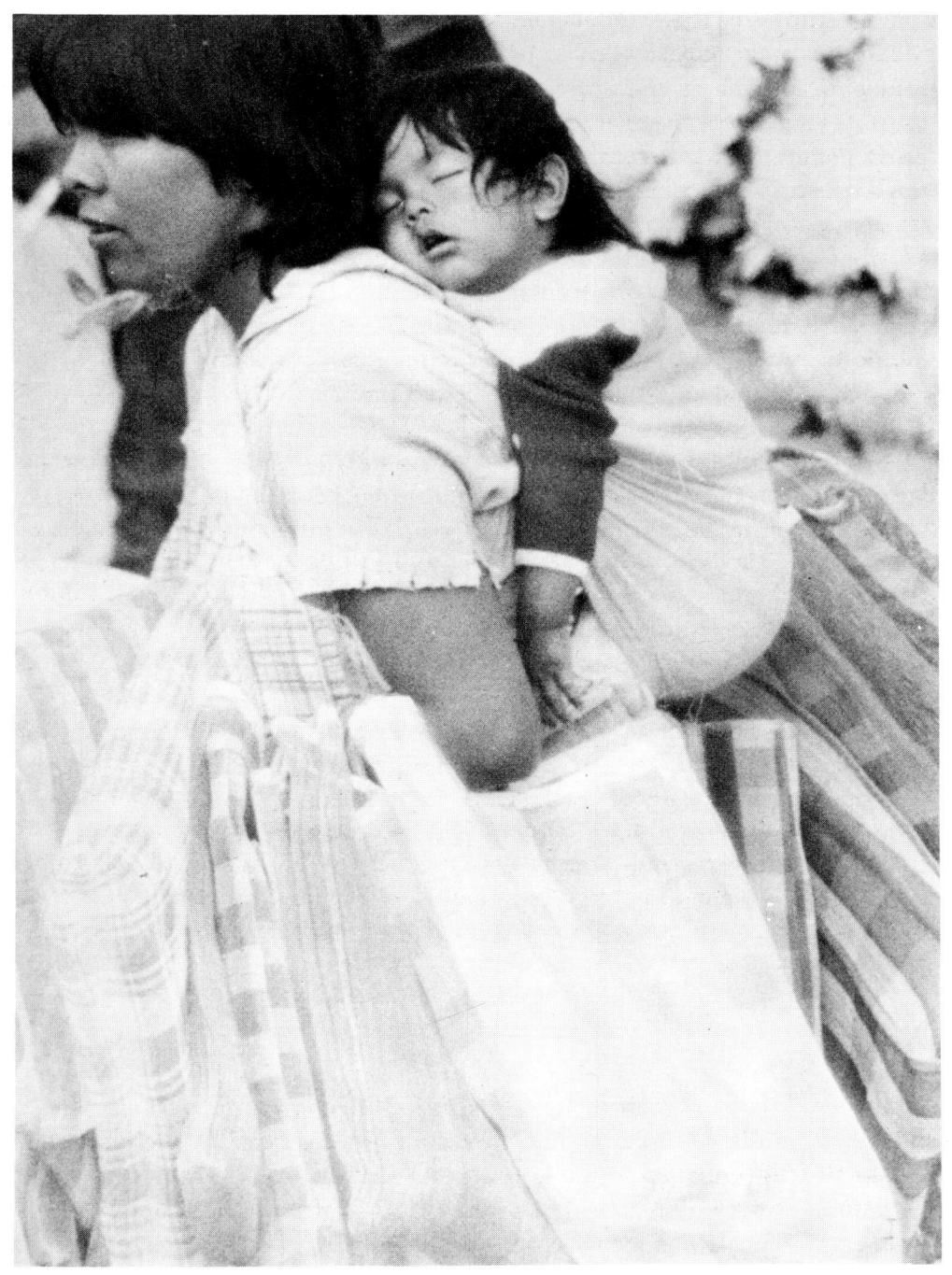

NO HA ACABADO DE CRECER Y SOSTIENE AL HIJO,
A LA VIDA, SOSTIENE LA ALTA BÓVEDA DEL CIELO

En Perú, las capas más altas son absolutamente inaccesibles (también en México) y para llegar a ellas se necesitan recomendaciones, tarjetas de presentación, títulos, en fin, atravesar el formalismo y el protocolo que divide las clases sociales aún separadas por un abismo. El escritor Víctor von Hagen pudo penetrar en la sociedad limeña gracias a que es alemán y su apellido tiene un von, la partícula "de" que singulariza, un "nom à particule", dicen los franceses; pero su tarjeta de visita con la esquina doblada no logró que amainara el odio que sintieron por él cuando leyeron lo que escribió acerca de los privilegios de la oligarquía.

El hermano del expresidente Prado, después de mostrarle a von Hagen su fabulosa riqueza, le preguntó al saber que venía de México:

—¿Verdad que en México no hay casas como ésta?

—No conozco una sola.

—Es que en México han tenido la desgracia de tener revoluciones —se lamentó el coleccionista—; nosotros, en cambio, estamos intactos.

A un restaurante de Lima entró un grupo de mexicanos encabezado por Francisco de la Maza. Como el mesero no los atendía, De la Maza lo llamó:

—Oiga caballero, ¿no nos va a servir?

Entonces se levantó un hombre de la mesa contigua:

—¿De dónde vienen ustedes?

—Somos mexicanos.

—¡Ay pues sí, tenían que ser extranjeros porque aquí a un mozo jamás se le dice caballero!

—En México, en cambio —respondió De la Maza—, a todos y a cualquiera se le llama caballero hasta que demuestre lo contrario.

Ya don Alexander von Humboldt había escrito acerca de la insolencia de la aristocracia peruana.

*

"Caballero" llaman las sirvientas a su patrón, en cambio ellos las llaman "so chola", "so india", "chola cochina", y cuando se les antoja las violan caballerosamente. El "caballero" que le toca a Avelina es un botón de muestra, el de Fátima otro, el de Narcisa, ni se diga, al de Petronila se le une la esposa y le grita: "¿De mi esposo?, ¿cómo va a ser? Tú eres una mujer cochina, chola, ¿por qué te vas a meter con mi esposo?" Además de que el hombre se aprovecha, cuando uno de los hijos de la patrona embaraza a la sirvienta, ésta ya no la deja irse. O lo que es peor, le advierte: "Si tú vas a salirte, tu hijo aquí se queda". Así le sucede a Petronila, del barrio de Dolorespata. La patrona le espeta: "Ay, tú no eres igual que nosotros, así que tú tienes que irte, tienes que dejarnos al chiquito. Él no es cualquier gente, no es como ustedes, es un niño fino. Tienes que entregarlo". Algunos padres, por lo contrario, aconsejan a sus hijos aprovecharse de la sirvienta para que ésta no se vaya y siga dentro de la casa. Si protestan, retienen al hijo que va a nacer, porque ése sí es de su familia. A Narcisa, proveniente de Sicuani, la entregan bajo papel, es decir, la venden. Ella misma adquiere conciencia de ello a pesar de sus once años y dice: "Como le daba platita, cincuenta solecitos, cien solecitos, como si estuviera vendiéndome". A partir de esta venta, las tribulaciones de la niña no cesan. Narcisa nunca hace el trabajo con suficiente rapidez. La señora sale a las diez y regresa a las doce. "Entonces, yo recién estaría lavando, tontita que no me daba cuenta. Me dijo: ¿Hasta ahora estás lavando? Oye, esa ropa ni siquiera la has enjuagado. Yo pensaba que habías extendido y estabas cocinando." Narcisa recurre a su madre: "Mamacita, yo no me quedo acá porque me pega y me enoja cualquier rato. Quiere que yo haga en un ratito las cosas". Y así aguanta Narcisa dos años hasta que su patrón, que se la pasaba en el Club de Leones, le roba 250 millones de soles al banco.

"Yo dormía detrás del patio, tapada con unos cuantos plastiquitos, aunque llueva, sobre unos cueritos, así me dormía. Le decía: 'Mamita, me hace frío así afuera, dame un poco más de frazada'.

"—¿Ah sí? ¿Por qué no te compras con tu sueldo? Si cien soles estoy dando a tu papá.

"Pero esa plata mi papá se lo tomaba; no entregaba tampoco a mi mamá.

"Cuando el caballero se robó del banco, hemos fugado al Cuzco y el caballero se entró al hospital como si estuviera enfermo para que no lo persiga la policía. Estuvimos en un cuarto donde su suegra. Allí tuve que dormir en un costal, ellos y sus hijos en catre, y yo en el suelo. Su suegra no daba de comer casi. Yo en el cuarto atendiendo a sus hijos. De hambre le decía a la señora: 'Adelántame mamita de mi sueldo para que me compre pancito, porque tengo mucha hambre', pero nada."

Más tarde dice Narcisa:

"... Porque le tenía un miedo a la señora... Digamos como a una bruja que me iba a hacer algo, así tenía miedo de hablar hasta con mis amigas cuando se juntaban en la calle. Me decían: 'Hola' y yo me hacía la tonta.

"... La señora me hacía lo que le daba la gana, como nadie veía por mí."

Las chicas que entran a trabajar en el "servicio" como Narcisa, le dicen a los patrones "papá o mamá" cuando no "madrina" y por lo mismo están totalmente a su merced.

"... Porque cuando conversaba en la calle, ya sabía que la señora me iba a golpear" dice Narcisa. Me pegaba; tiras me hacía, tiras, tiras. Así estaba, con la cara toda granada la primera vez que me vine al Sindicato.

"Un sábado, el 15 de noviembre, esa fecha la tengo señalada, la señora se fue al cine. Yo estuve en la casa solita, planchando a las siete de la noche. Entonces vino el caballero, borracho. Me miró de pies a cabeza, me asusté todavía: '¿Qué será?, ¿o alguien viene?' pensé: 'Entra papá, ¿qué ha pasado?' le dije. 'Y tú, ¿qué cosa estás haciendo?' 'Estoy planchando los uniformes de los niños.' Solitita estaba yo, sólo había una perrita que era mi compañera.

"—¿A qué hora va a volver la señora Emperatriz? —insiste.

"—No sé a qué hora vendrá —le dije.

"Estaba borracho, ya cayendo que no podía ni pararse. Entonces lo subí ayudándolo, como siempre lo hacía acostar de borracho, como si fuera mi papá, y esa noche no sé lo que ha pasado: 'Allí atrás está el camión, vamos, te voy a llevar a pasear'.

"—¿Cómo voy a ir a pasear, si tengo quehacer?

"Algo estaría adivinando, no, entonces:

"—Anda acuéstate papá, te haré acostar —como yo tenía quehacer. siempre, entonces me agarró y quería echarme a la cama.

"—¿Qué te pasa, papá?

"Me dio un empujón, me agarró de la manga, una chompa roja que yo tenía, eso ha roto, no quería soltarme, pero felizmente, Dios es grande, logré escaparme, me bajé gritando, no sé cómo he bajado las gradas, hasta creo que estuve un ratito en el suelo en el primer piso. Se quedó en la cama borracho. La señora regresó a las diez, yo estaba de susto, de miedo, temblando. No le dije nada de miedo, tenía miedo."

Los castigos corporales se repiten en todos los casos que reúne el libro de Ana Gutiérrez *Se necesita muchacha*: Aurelia, Eulogia, Tomasa, Petronila, Yolanda, Miguelina, Modesta, Sara, Dominga, Fortunata, Narcisa, Tiburcia, Magdalena, Flora, Avelina, Lucía, Fátima, Bonifacia, Herminia, Jesusa, Aurora, Honorata, Simona, todas, absolutamente todas, son víctimas, y todas guardan cicatrices que nunca van a cerrar: las del abuso y la humillación.

"Esa señora —cuenta Tomasa— tenía tres hijas. Un poco buena era la señora, pero después me empezó a pegar, siempre me trataba mal, pero no era tanto como la otra. Me hacía dormir en el suelo a sus pies."

Las patronas nunca son verdaderamente buenas o generosas, solamente son "buenitas" o "un poco buenas". Una de las señales de que son buenas

INOCENTES, VULNERABLES, SU MISERIA ECONÓMICA LAS CONDENA

es que la patrona y la chola comen juntas lo mismo, frente a la misma mesa. Pero de allí en fuera, el relato de la vida de cada muchacha es una larga sucesión de infamias.

"... Cuando llegaba tarde, me tenía parada en la pared, con piedras en las dos manos, así encruzada."

"... Esa señora muy mala había sido. Mucho me pegaba, me pateaba, seis meses nomás me quedé porque me pateaba, por eso no me aguantaba, esa señora medio loquita había sido, pues."

"... A las cinco de la mañana debía estar lista la comida para que se llevara ella, y una mañana no estaba preparada la comida cuando entró, me había quedado dormida porque recién a las doce de la noche me dormía:

"—Hasta esas horas duermes, claro, la señorita tiene que dormir de tanto que ha trabajado. —Y con agua fría me baldeó."

"... Yo antes andaba con mis pies, con mis piernas verdes nomás".

"... Me ha pelado mi mano y mi brazo con agua hervida. '¿Toda la mañana has tardado para llenar agua?', diciendo. Cerró la puerta e hizo calentar el cuchillo sobre el primus harto rato hasta que estuvo rojo, rojo. 'No me mates', grité, pero estaba cerrada la puerta pues, y me metió el cuchillo en el muslo. Eso después solito ha sanado..."

"... Y por las 'justas' podía abrir poquito más mis ojos. Porque en la mañana se había caído su bebito del colchón, pero no le había pasado nada pues, entonces agarró la plancha eléctrica y con la plancha me pegó en la cara y en la cabeza. De esos golpes me vino sangre a los ojos, no podía abrir casi, entonces ella me dijo: 'Puedes perder la vista', entonces en carro de ambulancia me llevaron al hospital y allí mismo me internaron, la noche del 25."

"... Ella me pegó con palo grueso en la pompa, todos los vecinos han mirado, y el Cipriano parado, no ha dicho nada. Y la señora insultado lo que sale de su boca. ¡Qué tal golpe yo recibía! Donde ha caído el palo, verde estaba mi cuerpo."

*

"... Ya también dice mil soles se ha perdido de la señora Purificación. De eso me han echado la culpa a mí, y me han pegado como burro. Me han crucificado como nuestro Señor Jesucristo. Yo decía que no, la señora Purificación decía que sí, y he perdido mi sentido. He gritado, entonces me han metido caca de perro en la boca, de las dos, la señora Purificación y su mamá. Cuando me he desmayado, me han echado un balde de agua. Todo maltratado, verde estaba mi cuerpo. Para que no me mataran. 'Sí, he alzado mil soles', diciendo..." (Fortunata).

"... Esa noche cuando volvió mi patrona, me pegó con palo, con látigo, me sobó, me metió en agua fría..." (Modesta).

"... Puso agua fría en la tina que tenía. Me desvistió. Me dio una paliza en mi cuerpo así sin ropa... me acuerdo. Me bañó en agua fría. Esa vez me dejó todo el cuerpo sangrando..." (Sara).

"... Y me mandó así a comprar con la cara toda sangre..."(Narcisa).

"... Entonces la señora agarró un palo, y a patadas me ha tirado al suelo y allí me ha empezado a pegar con el palo: ¡Ahora te voy a matar, de mis manos nadie te va a sacar!" (Fátima).

"... Entonces su hermana de la señora me pegó, me pateó, me tiró debajo de su cama, me echó agua, de todo me ha pegado..." (Aurora).

"... Nunca jamás desde que han empezado a pegarme, nunca me han pegado uno solito, sino que siempre entre los dos me pegaban. Si empezaba a pegarme el caballero, entonces la señora también a pegarme..." (Aurora).

"... A la chiquita le agarraba... a palo limpio, le daba látigo duro, hasta tumbarla en el suelo. '¡Mamá, mamá!', gritaba la chiquita: le agarran del cabello y en una tina siempre llena de agua fría, a cualquier hora la meten, la sacan, la meten, la sacan y a vestirse ahora. Hasta su mano de la vieja le duele de lo duro que le da de palos en su casa..." (Jesusa).

*

En realidad, no son sólo los patrones, también los padres de los pobres hacen sufrir a sus hijos. Fátima lo dice así:

"... Yo desde chiquita, desde los seis años ya sabía ir a pastear y cualquier cosa que no estaba bien hecha, tenían que tirarme la cuera mis papás. Nunca me han adorado mis papás, siempre me han tratado como los pobres, no como los ricos que adoran a sus hijos porque piensan que sus hijos deben ser bien inteligentes, bien finos y que a los pobres nomás hay que darles maltrato. A sus hijos adoran como al niño Jesús todavía, de nada se les puede castigar y en cambio un pobre sí debe recibir maltrato porque el pobre es ignorante y como es bajo no puede reclamar, así dicen ellos."

Si unos días antes llevaban a pastar al "chacho" (el puerco es más fácil de cuidar porque avanza lentamente, no corre como el borrego) en la ciudad les aguarda el mundo de los que pegan: los ricos.

Dice Fátima, cuya sabiduría es impresionante:

"... Los maltratos siempre confusionan. Por ejemplo, a un niño de seis o siete años entregan a la madrina, a la patrona y ella dice que va a criar como a un hijo. 'Algún día vas a ver como va a ser realmente tu hijo. ¿O quieres que sea como tú, ignorante en los campos? Debes despachar a tu hijo para que algún día sea como yo', así saben traer, entonces a ese niño le gritan, le dan su manazo a la cabeza, lo jalan de la oreja, lo hacen andar sin zapatos; entonces el niño se desacierta como un niño asustado. No está en sus cinco sentidos. En su pensamiento está muy desesperado. Y sus hijos de la señora le gritan: '¡Cholo!' Y por otro lado la señora: 'Niñito le vas a decir a mi hijo', le da puñetes, patadas, le golpean a la cabeza, entonces el chiquito se está volviendo como un loquito, ya no piensa como debe ser, ya piensa disparates. Siempre el pobre recibiendo maltratos tiene que tener un feo carácter, además a la vista somos las más sufridas, nos cae mal cualquier cosa por lo que hemos sufrido y tenemos una cólera y desesperación, yo hasta ahora no puedo olvidar tampoco; así hemos crecido los hijos de los pobres."

"Antes —dice en otro párrafo Fátima— cuando estaba en la casa de la patrona y que veía que ella trataba muy distinto a sus hijos y a mí, entonces pensaba: '¿Por qué habrá habido pobres y ricos? Así habrá querido Dios, ni qué hacer' porque siempre yo veía que había dos clases de cristianos. A mi papá le preguntaba: '¿Por qué somos pobres, papá?'

"—Nosotros somos pobres porque no nos ha educado nuestro papá, o sea, no podemos igualarnos a los ricos. Los ricos son muy diferentes, no podemos igualarnos nunca porque tienen harta plata.

"—¿Por qué tienen harta plata?

"—Porque son gente decente.

"Así decía mi papá. Entonces yo pensaba: '¿Por qué serán estas cosas?' y de todo le echaba la culpa a Dios nomás. 'Dios tiene la culpa para que haya pobres y ricos, que vamos a hacer pues', así era mi pensamiento cuando era chiquita. Siempre veía que había pobre y rico. Pero no trabajaba, me recuerdo, con pensamiento de volverme patrona, sino de ayudar a mis papás y que ya no entreguen a mis hermanitos. Hasta le dije a mi papá: Papá ya no debes tener tu hijo más, porque cuando vas a tener más hijo, ¿dónde todavía van a sufrir mis hermanitos? Tú no ves cómo nos trata la patrona. Tú piensas por lo que he venido a visitarles gorda y bien vestida, que he sido bien considerada como su hija pero nunca me han tratado así. Estás viendo papá cómo delante de ti me trata como a su hija, pero cuando no estás: 'Oye so india, cuidado que le avises a tu papá por lo que te hemos insultado'. Por eso me quiero salir.

"—¿Qué vamos a hacer hija? Hay que humillarse nomás, así somos los pobres, todos los pobres sufrimos así. Si te contestas, si te respondes a la señora peor te pega, y yo ¿qué voy a hacer?

"Entonces yo lloraba:

"—¿Por qué no me defiende mi papá? ¿Para qué me ha traído a este mundo, para que me abandone?"

*

Los latinoamericanos no nos hemos repuesto de la Conquista a pesar de que los conquistadores arraigaron en nuestros países y de ellos nacimos. Todavía hoy padecemos las consecuencias de la brutal supresión de todas las tradiciones consideradas bárbaras.

En México, aun sin conquista militar, las relaciones sociales dentro de nuestro país son factores peligrosos de desarraigo. El poder del dinero y la dominación económica nos enferman. Todos los móviles —o cualquiera— pueden ser remplazados por el deseo de lucro; el grueso rebaño que viene del campo a engrosar los cinturones de miseria se topa de golpe y porrazo con una sociedad cuyo valor primordial es el dinero. Si en su tierra podían (más o menos) intercambiar semillas, mercar al borrego o a la marrana, si en el campo, por más pobres que fueran no le negaban un taco a nadie, si vivían adormecidos, si mal que bien la iban pasando, aquí en la ciudad, el que no tiene un quinto no vale, no sirve, no puede, es basura que el viento se lleva y si pide se topará con la desconfianza y el desprecio.

Si les va tan mal en los grandes centros urbanos, ¿por qué se vienen? Porque incluso en las peores circunstancias les va menos mal que en su tierra, se sienten menos abandonados, más integrados a una vida que no comprenden pero que creen que es así, ahora sí, ésa sí es "la vida", "la neta", la "pura vida". Vienen de la inmensidad que es la República Mexicana, de la desolación absoluta, el abandono, la miseria, vienen de una extensión en la que durante horas y horas no se ve un jacal, una ranchería, un pueblo. Vienen de la muerte. Cruzar en automóvil algunos estados de México es cruzar el desierto. De vez en cuando, desde la carretera puede verse aparecer un mísero grupo de mujeres y niños que esperan el camión. ¿De dónde surgieron? Quién sabe. ¿Cuánto han caminado hasta llegar allí? Quién sabe.

Junto a ellos, sus perros. Esperan bajo el sol, sobre este gigantesco vacío gris, respirando el polvo. Porque el suelo fértil, ese delgado manto que antes podía sembrarse es ahora puro tepetate, hace mucho que lo deslavó el agua. Si uno quisiera barbechar esas tierras, con agarrar un gato por la cola y jalarlo bastaría. Así las arañó el viento. Son infinitas las tierras que están erosionadas. Por eso sus habitantes las abandonan a la hora de las tolvaneras y las mujeres vienen a meterse de sirvientas en la casa de los ricos.

La peor situación humana en México y en América Latina es la de los campesinos. Son desde siempre y de lejos los más desgraciados. Al venir a la ciudad sienten oscuramente que participan aunque sea en forma miserable en la vida del país. Su tierra, en cambio, es sólo un inmenso páramo vacío en el que deambulan como ánimas en pena, fantasmas de sí mismos, a la manera de Rulfo. En la ciudad, por más miserables que sean, sus condiciones son mejores que las que vivieron en el campo, o al menos resultan más entretenidas. La ilusión de una muchacha es salir de su pueblo y una vez que ha conocido el Defe, vivir en él, aunque sea de sirvienta.

En los países pobres del mundo y de América Latina como México, Perú, Guatemala, Ecuador, El Salvador, etcétera, se da el fenómeno de "el servicio", es decir, la servidumbre, los más ricos tienen como criados a los más pobres. En Europa, por ejemplo, Franco hizo de España depauperada y sangrante un país de criados. Iban a Francia, a Inglaterra, a Alemania en busca de trabajo, los hombres a las fábricas como "eventuales", las mujeres a las casas como recamareras, cocineras, costureras. Pero los franceses que no son nada racistas y saben mucho de geografía tratan siempre a los extranjeros de "bicots", "pieds noirs", "metèques", "morveux", "salops", "sales turcs" y realmente esta población hambrienta y despatriada viene siendo lo mismo que la de los indígenas en América Latina. Son los indígenas los que proveen la mayor cantidad de sirvientes en nuestros países. Uruguay, por ejemplo, que había conseguido un alto grado de civilización en América Latina y al que llamábamos antes de la asonada militar, la Suiza de América, contaba entre sus logros que el servicio doméstico estuviera en manos de muchachas que entregaban unas horas y conservaban su libertad, su autonomía y por lo tanto su dignidad. En México, las muchachas de "entrada por salida" poco a poco se han especializado; son la lavandera, la "señora que guisa", es decir, vienen a la casa por unas horas a desempeñar un trabajo que si no necesita estudios superiores requiere de conocimiento y eficacia. A las cuatro o cinco horas, según su competencia, cobran "sus horas", se despiden y se van a su casa o a bailar si les da la gana. En cambio la muchacha "de planta" lo mismo sirve para un barrido que para un fregado, su competencia sólo le es reconocida por el núcleo familiar y languidece frente a la estufa o el lavado siempre desesperantes, siempre monótonos, el llamado "quehacer" que sólo es tomado en cuenta cuando no se hace.

*

Gloria Leff señala que en México una de cada cinco mujeres que trabaja es sirvienta y, en la ciudad de México, la cifra aumenta a un 30 por ciento. En Chile, la mitad de la población femenina económicamente activa se dedica al servicio doméstico, y en Perú, las dos terceras partes de la fuerza de trabajo femenina prestan sus servicios en casas particulares. Gloria Leff visualiza así el futuro:

"Las posibilidades que tienen las empleadas domésticas de cambiar de tipo de trabajo una vez que se encuentran en las ciudades son casi nulas. Es evidente que la forma de industrialización que se ha dado en México, al igual que en el resto de los países capitalistas dependientes, ha sido en base a una tecnología ahorradora de mano de obra. Además, los requisitos de ingreso a la industria son cada vez más rígidos y la calificación con que cuentan estas mujeres es muy baja. Por ejemplo, en el Distrito Federal, que cuenta con las oportunidades ocupacionales y los niveles educativos más altos de toda la República Mexicana, casi un 50 por ciento de las sirvientas son analfabetas y un 30 por ciento empezó pero no terminó la primaria. Ello no impide que estas muchachas, al igual que miles de trabajadores, sean utilizadas como ejército industrial de reserva. Se les emplea en momentos de auge productivo, despidiéndolas en situaciones de crisis."

*

Ningún mexicano se enorgullece de su vida en el campo, al contrario, en México se es campesino porque no se puede ser otra cosa, serlo constituye el último peldaño en la escala humana; los hombres y sus mujeres dan la sensación de que trabajan la tierra como condenados porque ni modo, así nacieron, aquí les tocó en esta parcela rejega, ni hablar, no fueron lo suficientemente águilas, por eso están parados en este comal ardiente. Si no, otro gallo les cantara. En México ser campesino es una ofensa.

HÉCTOR GARCÍA, NIÑO DE LA CANDELARIA
DE LOS PATOS, NUNCA SE HA ALEJADO DE ELLOS

Si en la avenida Juárez, por ejemplo, se le pregunta a un hombre de sombrero de soyate y guaraches: "¿Usted es campesino?", le contestará sin gusto, su voz triste y avergonzada. Nada tienen que ver los campesinos mexicanos con los *paysans avares* de que habla Claudel, aquellos que sorben su hondo plato de sopa para después limpiarlo con un buen trozo de pan y enjuagarlo con vino tinto. No, los mexicanos nada tienen que ver con nada sino con la miseria, el desamparo. Son campesinos porque son pobres. Nacieron para perder, encarnan la canción de *Nacidos para perder* al pie de la letra y vienen a la ciudad precisamente para dejar de ser campesinos.

Muchas sirvientas se avergüenzan de la vida en su casa al regresar de la ciudad: "Yo de plano, ya no me hallo, me hace falta la ciudad, la música". "Los guisos que usted me enseñó y les hago a mis papás, no les gustan; nomás quieren puras tortillas y frijoles." "Nunca había visto el rancho tan feo." "No me hallo, palabra, me pego mis santas aburridas." "Mis papás no platican nada de nada." "Allá la gente es mucho muy corta, nadie les ha abierto el entendimiento." "Yo casarme con uno de mi tierra, ni loca, para que luego me tenga refundida allá, ni que estuviera loca de remate." "Yo qué voy a ir a sembrar; es muy pesado. Y luego tanto trabajar para sacar tan poquito maíz, no tiene chiste." Si uno les habla de la belleza de la naturaleza protestan: "¡Ay no, qué va a ser bonito! ¡Usted lo cree bonito porque no vive allá pero es feo, rete feo, no hay nada, de a tiro dejado de la mano de Dios!"

*

La tarea del campo es una de la que hay que huir, librarse a la mayor brevedad. El canto del azadón y del surco, la oda a la faena en la tierra no existe más que en la literatura del siglo pasado y en las parábolas del Evangelio que el Señor Cura lee a tropezones cuando visita la iglesia, allá cada mes cuando le toca ese circuito. Pero no se refieren a nuestra tierra sino a otra, a la del cultivo del trigo, los dulces campos bien arados, la vid y no el maguey, los olivos y no los espinos, el trigo y no el maíz. ¿Cuándo habló evangelista alguno de la tuna cardona? ¿Cuándo del nopal? Allá en los bíblicos campos es fácil cultivar; aquí la tierra es como lo dice Rulfo, un pellejo de vaca, dura, desolada y vacía como una mujer que grita su desesperación en un páramo inmenso a la manera de Rosario Castellanos. Las palabras del señor cura nada sugieren, no suscitan emoción alguna, quién sabe dónde estarán esos campos rubios que ondulan al sol, dónde esas uvas moscatel.

Los sermones no logran retener siquiera la atención de sus feligreses que sólo atienden el rechinar de sus tripas. Lo mismo sucede con los libros de texto gratuito de educación primaria. Nada o poco tienen que ver con la vida diaria, la propia y los beneficios de higiene, salud, energía de los cuales habla el maestro y sólo habitan en las páginas impresas, jamás en la vida real ni mucho menos en la del niño campesino. ¿Qué puede significar para un niño leer en un de texto de la SEP que cada miembro de la familia debe dormir en su recámara con la ventana abierta y hacer sus abluciones matutinas, si toda la familia se hacina en un cuarto, comparte la cama cuando no se tira en petates en el suelo y la única ventana es un agujero en el muro, y si hay agua, es porque la acarrean de la toma más cercana? La niña de Tomatlán que exclama: "¡Para qué aprendo si de todos modos voy a comer frijoles?", refleja un estado de ánimo absolutamente congruente. ¿Para qué aprendo si lo que me enseñan en la escuela nada tiene que ver con mi realidad? ¿Para qué estudio si no voy a poder aplicar nada de lo que me enseñan? ¿Para qué sigo yendo si lo que me espera en el futuro es esta miseria en la que vivo y vivieron mis padres y los padres de mis padres y los abuelos de mis padres y vivirán mis hijos, porque para mí no hay sino esto que ustedes ven: este baldío y esta condena?

*

En *Se necesita muchacha*, Fátima refuerza este pensamiento: "Primero quería ser empleada al ver a las chicas mayores que iban al Cuzco a emplearse y volvían bien vestidas, elegantes, bien bacán llegaban. Y una que nunca se ha vestido así, una que siempre ha estado con polleras piensa que de por sí va a ser elegante también... Y otro pensamiento es que en el campo, los campesinos somos más bajos, que otra clase son los 'mistis' [terratenientes] muy diferentes, otra sangre, porque cuando vienen los mistis al campo siempre vienen bien pintados, bien elegantes y los campesinos siempre los tratamos como a un santito, les respetamos, entonces allí vemos la diferencia. Los campesinos nos sentimos muy bajos y a los ricos vemos más altos, más superiores que nosotros. No conviene en ninguna manera igualarnos y no podemos tampoco, porque a nuestro parecer a ellos vemos más especial, o sea otro cristiano es bien elegante, bien alto, otro idioma habla y eso nos impresiona".

*

Se necesita muchacha tiene muy pocos antecedentes. Uno valioso, escrito también en Perú en 1973, de Alberto Rutté García, patrocinado por el Centro de Estudios y Promoción de Desarrollo con el título de *Simplemente explotadas* (en vez de *Simplemente María*, la célebre telenovela). En México, no conozco una investigación que le dé la palabra a las propias sirvientas como lo hace en Perú Ana Gutiérrez en *Se necesita muchacha*. María Nord publica el relato "Yo y Campo Alegre" pero se trata de un trabajo literario. Mary Goldsmith señala, en *Fem* (vol. IV, n. 16), un estudio sobre el tema del trabajo doméstico asalariado en América Latina (México: Garduño, Grau, Leff, Luna, Salazar; Perú: Rutte García Smith, Chanoy; Brasil: Saffioti Jelin Filet, Abreu; Colombia: Rubbo y Tanssig; Chile: Alonso Larrina y Saldies).

El valor del trabajo de Ana Gutiérrez reside en los testimonios recogidos de viva voz y en su proposición final: El Sindicato de Trabajadoras del Hogar del Cuzco, fundado en abril de 1972 por Egidia Laime, que fue reconocido oficialmente tres meses después. Si para Jesusa Palancares, protagonista de *Hasta no verte Jesús mío*, los sindicatos no fueron ninguna panacea ni mucho menos el remedio a sus males, el de Perú parece ser la solución al problema de muchas que encuentran en el sindicato a otras mujeres con la misma reacción frente al uso que se hace de ellas en el trabajo doméstico. Tununa Mercado lo dice muy bien al consignar los gritos de Tomasa, Eulogia, Aubelia y Petronila, Dominga y Herminia:

"En medio de este grito lacerante que si convoca a la piedad o a la indignación es sólo por la injusticia que revela y no porque quienes testimonian se lo hubiesen propuesto, en esa 'herida en la carne y en el alma' (sería difícil encontrar otros términos para dar cuenta de la crueldad y el sufrimiento que ponen al descubierto los relatos), poco a poco comienza a insinuarse un brote, imperceptible al principio, pero que va teniendo volumen real: la conciencia que cobran estas mujeres de su situación:

"En la escuela, la compañera Cirila me dijo: 'Hay un grupo'. Yo cuando escuché de grupo, ahí mismo dije: 'Llévame, ¿dónde es?', porque siempre en Lima pensaba: '¿Por qué no nos juntaremos? ¿Por qué no hablaremos todas las empleadas? No creo que yo nomás sufriré, no creo', diciendo.

"En el segundo momento de esa gestación concreta, progresivamente inalienable, de la dignidad humana, está la integración al sindicato, que comienza a ser entendido como una recuperación del afecto, hasta ser un movimiento estrictamente político y, lo que es más, clasista.

¿CRECERÁN Y SERÁ SU DESTINO RECOGER EL TIRADERO DE OTROS?

"¿Qué sería un grupo donde estaríamos hartas? ¿Qué sería?, gritaríamos, entre todas las insultaríamos a esas patronas que nos friegan en todo, diciendo: siempre y pensaba eso.

"Ya me di cuenta poco a poco de lo que es el Sindicato y después, ya me gustó el Sindicato, y ya he tomado el Sindicato como un padre, como una madre, porque yo nunca he tenido el cariño de un padre, de una madre.

"Y así poco a poco he estado comprendiendo que la lucha no es sólo de nosotras las empleadas, sino que es una lucha grande de toda la clase trabajadora.

"He llegado a comprender que el problema de nuestra persona es chiquito, pero que el problema de los pobres, el problema de nuestra clase es grande

"... El sufrimiento puramente visceral abre paso a la verificación de que otras mujeres padecen la misma violencia y son víctimas de la misma opresión; de allí se llega a otros estadios paulatinamente teñidos de una comprensión crítica de la suerte personal que se corre o se ha corrido; el Sindicato es sólo el punto final en términos organizativos: el espacio que ha abierto, permite pensar la realidad políticamente y, por lo tanto, crea la instancia de la transformación o del cambio... En esa historia todas se ven reflejadas y habrá de ser el modelo en el que se trasciende la frustración o, si se quiere, la neurosis de destino."

*

El sindicato es sagrado porque nació de las lágrimas, de los golpes, de ese sufrimiento visceral de que habla Tununa Mercado, de la desigualdad absoluta entre sirvientas y patronas. Egidia Laime (ahora fallecida) repite lo que los patrones exclamaban al verla: "Nosotros no somos como tú, con pollera y montera... Pero yo veía —continúa Egidia— que tienen igual nariz, boca, pies, manos. Me dieron una taza oxidada y un plato quemado, viejo. Así me he despertado".

Aunque en México algunas agrupaciones se han ocupado de las sirvientas, la JOC (Juventud Obrero Católica) y el CASED (Colectivo de Acción Solidaria con Empleadas Domésticas) así como el Hogar de Servidoras Domésticas, A. C., en Cuernavaca, no han logrado aún ni el espíritu ni las reivindicaciones del Sindicato peruano de Egidia Laime en la provincia del Cuzco, porque apenas se inician en esta actividad.

Como lo dice Ana Gutiérrez, la legislación peruana provee una ley propia a dicho sector laboral que es claramente discriminatoria y en la gran mayoría de los casos, no se aplica siquiera. Para mencionar sólo los aspectos más importantes, esta ley no fija un sueldo mínimo vital, establece ocho horas de descanso nocturno (y en consecuencia hasta dieciséis horas de trabajo diario). En México, doce artículos del 331 al 343, capítulo II de la Ley Federal del Trabajo, defienden a los trabajadores domésticos, o sea a los que "prestan servicios de aseo, asistencia y demás propios e inherentes al hogar de una persona o familia". El artículo 333 estipula que "los domésticos deberán disfrutar de reposos suficientes para tomar sus alimentos y de descanso durante la noche", pero esto resulta tan elástico que los trabajadores domésticos en muchas casas se acuestan a las once o doce de la noche después de dar de cenar y se levantan a las seis de la mañana o antes, a hacerles el desayuno a los niños que salen a la escuela. Elena Urrutia se encargó de levantar el último censo en su encopetado rumbo: el Pedregal, y se dio cuenta que los que sumaban más horas de trabajo a la semana eran precisamente los criados, porque su jornada iba mucho más allá de las ocho horas estipuladas, y que entre todos los trabajadores asalariados su situación era la peor. Esperanza Brito de Martí es explícita y hace remontar la creación de esta ley al sexenio avilacamachista: "Al establecer las normas para fijar los salarios de las domésticas, los legisladores tomaron en cuenta la erogación que para la patrona representa dar casa y sustento y consideraron este gasto como parte del salario de la trabajadora, equivalente al 50 por ciento del sueldo que la trabajadora perciba en efectivo. Es decir, que el sustento es igual al 33 por ciento del salario. En el Distrito Federal, el salario mínimo era de 163.00 pesos diarios y 4 890.00 pesos mensuales. Calculando los alimentos y habitación equivalente al 33.33 por ciento, la trabajadora doméstica debía percibir en efectivo 3 260.00 pesos mensuales". Aunque muchas veces tanto la habitación como los alimentos dejen que desear, las sirvientas duermen en no pocas ocasiones en el cuarto de los triques, junto al periódico amontonado, el sillón desfundado, las sillas rotas, etcétera, pero las patronas cuando se pelean con la esclava esgrimen el sustento como un arma: "¿Acaso te cobro lo que comes y el agua caliente de día y de noche?" En muchas casas se hacen dos comidas: una fina, "cocina francesa" suelen llamarle, para la mesa, otra a base de sopa de fideos, frijoles y guisado, para la cocina. Muchas patronas alegan: "Al fin que a ellos ni les gusta. Mi hijo siempre pasa a la cocina a echarse un taco de la comida de los criados".

Ana Gutiérrez asegura: "Gracias a la trabajadora del hogar el Estado minimiza los servicios colectivos (especialmente en lo que se refiere a guarderías infantiles, comedores, lavanderías). Su presencia permite a una parte de las mujeres trabajar ganando un sueldo sin proporción con el que dan a la empleada, y a la otra parte, descansar —¡tremendo potencial improductivo y reaccionario."

*

Si sobre los hombros de una empleada doméstica descansa el funcionamiento de la casa, si gracias a ella la patrona puede trabajar o dedicarse a lo que le interesa, si por ella hay comida y limpieza, los artículos de la Constitución que garantizan su bienestar son prácticamente inexistentes, su redacción por demás vaga y sus sueldos se sujetan finalmente a la buena voluntad de la patrona que nunca ni por equivocación ha leído la Ley Federal del Trabajo. La patrona además paga cuando quiere y muchas veces queda a deber hasta dos, tres meses. ¿Cuántas patronas cooperan "para la instrucción general del trabajador doméstico", artículo 337 II, se pregunta Elena Urrutia, y cumplen con sus obligaciones en caso de enfermedad del trabajador, artículo 338 I, II y III? ¿Cuántas dan el permiso con goce de sueldo por maternidad? Esperanza Brito de Martí es contundente: "Lo cierto es que la mayoría de las mujeres que contratan trabajadoras domésticas no saben que la ley las obliga a colaborar con la educación de la empleada y, si lo supieran, no tendrían idea de cómo cumplir con este deber. Muchas de ellas han recibido tan sólo una educación rudimentaria y si no sienten la necesidad de ampliarla, mucho menos van a considerar que una mujer que se encuentra por debajo de ellas en la escala social requiera de instrucción".

*

"En México, el panorama de la trabajadora doméstica es sombrío", concluye Esperanza Brito de Martí. "Protegida sólo en apariencia por una legislación imposible de aplicar y que, por lo mismo, no es respetada, marginada de la educación, la capacitación y del derecho a la seguridad social, abandonada a su buena suerte o a la conciencia de justicia social que puedan tener sus empleadores, mal alimentada y mal alojada, con escasos momentos de reposo durante la jornada inacabable, expuesta más que ninguna otra trabajadora

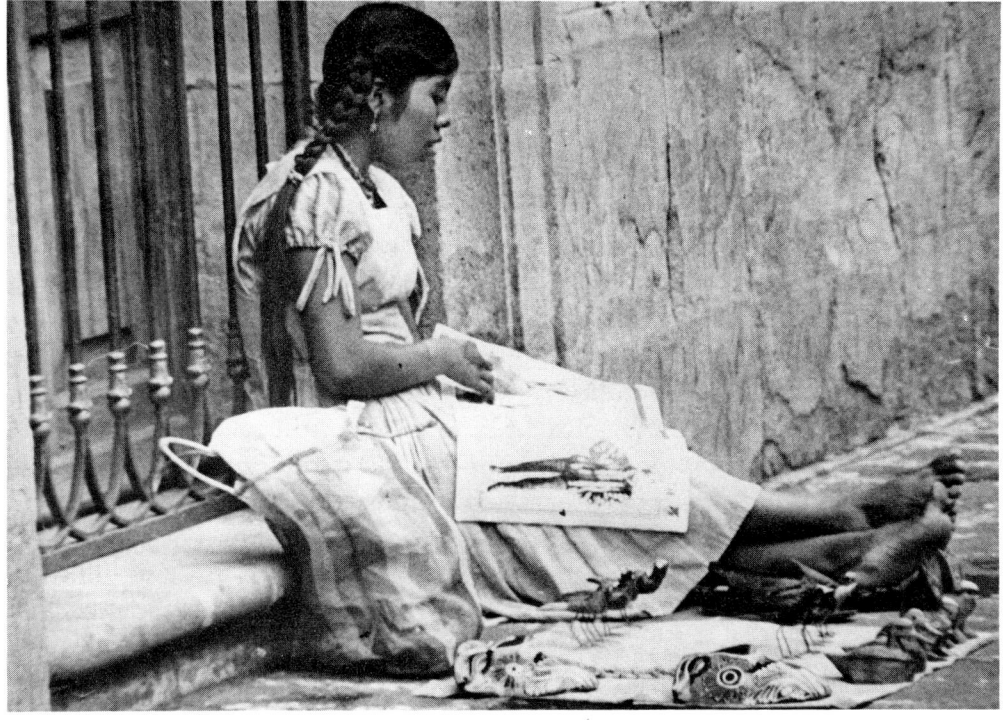

ESTÁN HECHAS DE ARCILLA Y SON NUESTRAS MURALLAS

al acoso sexual y a la violación, tiene pocas posibilidades de éxito. Hasta ahora, la sirvienta ha sido difícil de reclutar en organizaciones de lucha... Lo mismo que el ama de casa, la doméstica está recluida, separada de las demás mujeres con quienes podría unirse para demandar sus derechos y aún no ha aprendido a organizarse."

*

Los sueldos se pagan, repito, al gusto de la patrona, sin recibos ni timbres, sin más garantía que la de la mano que da y la que recibe. Los "tres meses" a la hora del despido son casi siempre hipotéticos, porque muy pocas sirvientas están enteradas de esta posibilidad. El monto del sueldo lo fijan los rumbos y no es lo mismo trabajar en las Lomas que en las colonias venidas a menos como son la del Valle y la Narvarte. En las Lomas, en Tecamachalco, en el Pedregal de San Ángel, los sueldos son más altos, pero también la vida tras de las altas bardas en medio de las calles solitarias pierde sabrosura. Allí no cae un paletero ni por equivocación, no hay una miscelánea a un kilómetro a la redonda y hasta los lecheros le hacen el feo a las que salen a la puerta cuando tocan:

"Está bonita la gatita, pero no vaya a salir un guarura a madrearme", "éstos no son mis rumbos, no me siento en confianza", y se siguen de largo hasta la Portales donde tongonea el bote bien y bonito la chupirul de sus amores. Cuando empiezan a ejercer su influencia los gringos, el sueldo sube pero la exclusividad restringe la vida y muchas prefieren un barrio más popular en el cual puedan ir a la panadería (consuelo de todas las sirvientas). "Ya me voy al pan, señora" y regresan a la semana o no regresan jamás, porque embarcan con su hombre en la barca de oro en Veracruz (claro, éste es sólo un sueño dictado por mi delirio de burguesa insensata).

La miscelánea, la nevería dulcifican la vida; las criadas de las Lomas, las del Pedregal suelen ser atufadas y mal humorientas a pesar del buen sueldo que se les paga. Y con mucha razón, están más presas que las otras, alejadas del mundanal ruido, escondidas tras los muros penitenciarios y las alarmas anti-robo que convierten el jardín y sus alambrados de púas y vidrios rotos arteramente encajados en lo alto de la barda en verdaderos campos de concentración. ¿Qué príncipe azul va a atravesarse por encima de estas bardas falaces y peligrosas?

*

El libro *Se necesita muchacha* aborda la realidad peruana, sobre todo la de la provincia del Cuzco, pero la realidad de la pobreza es la misma en todo el continente y las muchachas de uno y otro país forman una sola masa compacta y miserable. Todos podrían cantar a coro la canción de "Estamos en las mismas condiciones", de Gabriel Ruiz. Algunos estudiosos norteamericanos como Michael Harrington, Margaret Mead, Robert Redfield, Oscar Lewis, dieron trabajos muy valiosos acerca de la cultura de la pobreza y siempre se ha recurrido a sus investigaciones realizadas para alguna universidad norteamericana porque obtuvieron información de primera sobre la realidad del llamado "tercer mundo". Aunque siempre mencionan a sus "informantes", salvo en el caso de Oscar Lewis en *Los hijos de Sánchez* que les cambia de nombre para protegerlos, éstos no se convierten en autores ni en autoridades de lo que relatan, y sólo a través de los latinoamericanos mismos surge la voz autónoma, la de Juan Pérez Jolote, por ejemplo, recogida por Ricardo Pozas, la de Domitila Barrios de Chúngara que hace oír su grito de luchadora de las minas de los Andes bolivianos a través de Moema Viezzer, la de Rigoberta Menchú a través de Elizabeth Burgos, la de las veinticuatro peruanas cuyo testimonio grabó Ana Gutiérrez y cuentan su historia con palabras que no han sido retocadas, y hieren tanto por la lista de injusticias, golpes, jalones de pelo, quemaduras, hambrunas, patadas y humillaciones de las que son objeto, como por el lenguaje que utilizan para relatarlo. Tal parece que en Perú el idioma todavía se hace más chiquito, "estito nomás", los diminutivos abarcan no sólo los adjetivos, los sustantivos sino también los pronombres. La gente no halla cómo pasar más inadvertida, borrarse, que la acepten por la ausencia absoluta de sus pretensiones. Nada piden, sólo un tantito, muy poquito, apenas un adarme, una migaja. De poder se harían invisibles hasta aniquilarse totalmente.

Yolanda, que proviene de Yauri y tiene veintitrés años, regresa a la infancia, aniña el lenguaje, quiere asegurarse del cariño de su madre, consintiendo sus palabras, achicándolas. Relata todo lo que su madre le enviaba de Yauri a Arequipa, donde la obligó a trabajar: "Ella había mandado un cordero enterito, chuños, media arroba de habas tostadas, casi todas peladitas." Pero la patrona de Yolanda no le da nada, sólo un platito de habas y le dice: "Estito manda tu mamá". "Estito." ¿Qué ha recibido Yolanda en la vida, salvo "estito"? El marido de su prima abusó de ella cuando tenía ocho años y "eso más todavía" después de que la madre la despachó a trabajar con esta prima, cuyo marido, el que la violó, el vio-la-la-dor, era su patrón, pero Yolanda insiste en el amor materno, le da vueltas y vueltas a lo largo de su vida, en realidad todas quieren creer que son amadas, todas insisten: "mi madre lloraba por mí", ¡oh sublime prueba de amor!, "mi madre no quería que fuera como ella, por eso me envió con mi madrina [la patrona] para que asistiera a la escuela, aprendiera a leer y a escribir". Lo hizo después de vender la última borrega. "Mi madre me hacía cariños, las monjas me querían, me enseñaron a coser", todas se agarran de estos prodigiosos miligramos de amor, se prenden a ellos como la miseria al mundo y los blanden cual papel de china, banderas que agitan frágiles y quebradizas, lo repiten una y otra vez para convencerse a sí mismas, "sí, sí yo fui una niña querida, muy querida, nada más que la canija miseria, la necesidad hizo que pronto tuviera que irme, salirme de mi casa..."

"Nosotros teníamos ganadito, ovejas, vaquitas", dice Aurelia. El "ganadito" es acreedor a su cariño, claro, mantiene, alimenta, así como la patrona es "buenecita". El lenguaje se va reduciendo hasta casi no oírse, como si se disculpara eternamente. Hay que hacerlo pasar como un murmullo, dulcemente, sólo los patrones, el cacique, hablan golpeado, como hablan sus espuelas, sacándoles chispas a las piedras del suelo. No, no, aquí el lenguaje debe escurrirse, que no lo noten, que no vaya a ofender. Por eso los artículos se vuelven diminutivos, los nombres, los adjetivos terminan en "ito, ita, itos". Las palabras no crecen en su boca, piden perdón. Como ellas mismas son empequeñecidas hasta el aplastamiento. Su lenguaje está tan disminuido como su situación de infamia. Sólo el patrón puede usar palabras sonoras, palabras que se redondean en su boca, campanudas. Ellas apenas si las rozan a las volandas, es más, ni siquiera tienen acceso a la mesa, a la sala, al sofá en el que se sientan las visitas. No deben verse, no deben sentirse, son simplemente comparsas, telón de fondo para la buena marcha de la casa. En la cocina, silencio; que no estorben, están allí para servir, secundar, no para protagonizar papel alguno. Ninguna podrá apartarse del camino trazado, salirse de lo que para ellas se ha establecido.

Lo primero que salta a la vista es que todos los relatos se parecen, lo cual hace decir a Ana Gutiérrez: "Estos relatos presentan una monotonía aterradora". Es la monotonía misma de la explotación. "De la comida hablaba —dice Aurelia, la primera informante—. Cuando ellos estaban comiendo, yo tenía que estar así nomás, y después, de lo que sobraba aumentan esa comida con agua y eso nomás me daban. Yo renegaba pues, ¿por qué me das como para un perro, aumentando con agua?" Los casos de cada una son reiterativos y muy semejantes, espanta, sí, su insistencia. "Yo me daba cuen-

ASCENSIÓN O ROMANITA

ta que a sus hijos trataba como merecían y a mí como un perro —dice Fátima—. Yo tenía que amanecerme limpiando, fregando las ollas hasta medianoche, demasiado me hacía, pues. Si no lavaba bien la ropa, me pegaba con la ropa: 'A ver huele, huele. Así se lava. ¿Hasta cuándo vas a aprender a lavar, oye, chola?'" Hasta que otra señora se compadece y le dice: "Demasiado te pega esa señora, tal vez con el tiempo puedes volverte trastornada, en la cabeza te pega, te pellizca", sólo para que le suceda con otra patrona lo mismo que a Eulogia quien trabaja en una tienda: "Yo atendía y a veces a medianoche venían a comprar y yo nomás tenía que atender. 'Levántate, anda despacha', me decía. Cuando me dejaba, 'vas a estar haciendo esto, aquello y ahorita voy a regresar' y regresaba rapidito, antes que haya podido hacer casi nada, y me decía: '¿Qué cosa has hecho hasta ahora?', y a veces me echaba con agua sucia, me pegaba con las uñas, me agarraba de mi cabello y me echaba a la pared mi cabeza, y no tenía a quién quejarme, porque mi papá estaba en mi pueblo..." Y de nuevo, se aparece algún alma compasiva. "Y otras personas me compadecían, a modo de comprar entraban a la tienda y me tiraban una naranja: 'Cómete', diciendo, '¿por qué no te vas?', y yo cuánto me hubiera querido ir, pero en mi pensar decía: 'Dónde voy a ir? Si no tengo ni ropa, ni cama, ¿cómo podría yo irme a trabajar en una casa?, si las patronas seguro recibirán con cama. Como sea aguantaré, qué voy a hacer, siempre algún día vendrá mi papá'."

En Perú, a diferencia de México, se advierte: "Se necesita muchacha cama adentro" o sea "de planta". Las muchachas que trabajan cama afuera son las que en México llamamos de "entrada por salida". Sin embargo, a muchas de las que trabajan "cama adentro", la patrona les ordena que traigan su propio catre, colchón y cobija. En México, los cuartos de servicio suelen ser "mugreros" entilichados a morir, con sus espejos rotos, los ganchos de alambre de todas las tintorerías, las pilas de periódicos y los triques que algún día se arreglarán y el consabido colchón manchado de sangre. Allí en medio de esos palos destartalados, la sirvienta se hace su agujero, allá va a tirarse en el camastro, a peinarse ante el fragmento de espejo roto, a jalar el excusado que siempre, por angas o por mangas, está descompuesto, a sacar sus chivas de la caja de cartón a punto de desfondarse, a ver en qué clavo atora su vestido de los domingos. Muchas les tienen que subir la bastilla al uniforme de su antecesora o bajársela según el caso:

"Lo compré hace dos meses —advierte la patrona— pero Nacha era rete descuidadota. Todavía aguanta, así es de que úsalo hasta que te compre yo uno nuevo."

*

Desde el momento en que baja de su cuarto de azotea, la sirvienta se introduce en la intimidad de la familia y la vive. Se encariña con los niños, cuando los hay, aunque muchos riquillos sean expertazos en patadas en las espinillas y jalones de trenza. Los gritos de "mula" y "mensa", las canciones de Cri-Crí: "Ay mamá, mira esta María, siempre trae la leche muy fría, que me la lleve a calentaaaaaaaar" están a la orden del día. Pancha se identifica con la vida que llevan los miembros de la familia aun a riesgo de romper después esos lazos afectivos. Batalla con todos los calzones de la "unidad doméstica", como llaman los sociólogos a la familia, y los lava una semana sí y otra también. Escucha los pleitos pero como no es nadie, no estorba, no interrumpe, todo puede pasar frente a este fantasma que ni a testigo llega, está allí como la silla, la lámpara ¿qué importa lo que piensa si nadie se ha preocupado por averiguar si piensa? Le teme a la patrona, al poderoso, al "señor" aunque a veces éste no se meta en la vida doméstica. "El señor como si nada era", advierte Fátima. Se entera como lo dice Tito Monterroso de todas nuestras "porfiadas miserias", sin embargo esta confianza no la hace subir un ápice en el escaño social de la "unidad doméstica"; puede llegar hasta a confidente pero la patrona después de desahogarse diciéndole que su marido —ahora el patrón— es un desgraciado, le preguntará colérica quién se acabó el pedazo de queso que había dejado en el refrigerador.

Una patrona se cruza con su sirvienta por lo menos veinte veces al día; en la cocina, en el comedor, en el cuarto de plancha, en las recámaras. Nadie más cercano. "Veo a la muchacha más que a mi marido." "Estoy más horas con la criada que con cualquiera de mis hijos." Los patrones emocionales femeninos se acentúan en la relación ama de casa-sirvienta. De alguna manera ambos contienen sentimientos de inferioridad y ambas mujeres están insatisfechas.

De allí la frase: "Mi patrona es rete dispareja" y "No sabes qué muchacha tan malgeniuda, no sabes qué feo modo tiene". Ninguna sabe abordar a la otra aunque estén equipadas con los mismos impulsos, los mismos afectos. Su conducta emocional resulta caótica, imprevisible, no encuentra el modo de estructurarla. (Eso, cuando hay voluntad de estructurarla.) Por eso resulta significativo un cuento de Pita Amor en *Galería de títeres* en que la patrona aristocrática mangonea altanera a su sirvienta frente a las visitas, y en la noche, ya en la soledad, le ruega. La intimidad adquiere entonces proporciones gigantescas. Muchas "mucamas", "doncellas" o "gatas" por una suerte de mimesis adoptan el modo de la patrona. "Tu sirvienta contesta el teléfono igualito a ti. Dice aló como tú, tanto que hasta las confundo." Los franceses las llaman "femmes de chambre" porque su perímetro es el de la recámara aunque, a diferencia de las "cocottes", sea sólo para limpiarla.

Rotos los lazos familiares y las costumbres campesinas, perdida su identidad, aislada dentro de una familia con cuya vida aspira a identificarse, sola dentro de una rutina diaria que después de meses de aprendizaje se vuelve tediosa y parece ser una forma que ha de contenerla para siempre, sin lazos con la cultura campesina que antes la alimentaba, la situación de la sirvienta es semejante a la de la nube. Flota en el aire, sin asideros, sin nada de qué agarrarse, sin rumbo y sin futuro, salvo, cuando es nube, el de convertirse en agua porque a la sirvienta sólo le queda la posibilidad de la ceniza. Polvo somos y en polvo nos convertiremos. Por lo tanto se adhiere a lo único que tiene cerca (más vale malo conocido que bueno por conocer), su patrona, y adopta sus formas. De allí que en Chile, en la marcha de las cacerolas, las sirvientas se aliaran a sus patronas, secundándolas. La presión que ejerce la patrona es mucho mayor que la de la olla exprés y cuando la patrona delega su autoridad en la criada de más tiempo o más confianza, ésta ejerce sobre las demás una tiranía a la que la propia patrona no se atrevería.

*

A pesar de la esperanza de Ana Gutiérrez, psicológicamente la sirvienta es un ser inestable, desarraigado y criado, es decir, enseñado, amaestrado, moldeado, colado dentro de una forma que la aprisiona. En México se les llama criadas porque han sido criadas dentro de la hacienda, criadas como criaturas, es decir, amamantadas por los patrones. "Mi madre, en vez de leche, me dio el sometimiento", dice Rosario Castellanos. Así, las sirvientas han sido enseñadas al trabajo de la casa, atadas de una pata, amarradas y amordazadas a la rutina, concebidas para la esclavitud dentro de una opresión de la cual a veces ni siquiera tienen conciencia. El encierro se lleva a cabo tras las gruesas paredes de la finca. No se le ofrece ninguna alternativa. No hay de otra. Tampoco ellas se asoman a la calle. Como lo dice Jesusa Palancares: "El que no conoce a Dios a cualquier palo se le arrodilla". ¿Qué ven ellas más allá de su prisión? ¿Para qué más han sido criadas sino para el fogón, el metate y el aventador? ¿Cómo pueden ser reconocidas y valoradas fuera de la tarea doméstica? A la renegada del metate le va siempre mal; el hombre abusa de ella, la revuelca, le pierde el respeto y en el respeto del hombre está el de la sociedad entera. Si el hombre la repudia, también la sociedad la rechaza.

*

Pocas cosas más infamantes que esta esclavización de un grupo humano depauperado. Las patronas, cuando se les trata el tema, alegan: "Pero si en mi casa Petrita está muy bien". "Pero si yo la trato decentemente." O: "Yo la mando a la escuela". "Si vieras su choza en Teteles, te darías cuenta que aquí esta en jauja." "En su tierra están muriéndose de hambre." "Por más que hago, la muy taruga no quiere aprender." Esto cuando es una buena patrona. Las otras (las mediocres y las malas) se juntan a hablar mal durante horas de sus sirvientas, y como si no fueran lo suficientemente poderosas, se defienden de supuestos agravios. Que floja, que abusiva, que pata de perro, que se la vive en la puerta, que cuando sale regresa hasta el lunes en la tarde, que pone el radio a todo volumen, que la tele, que rompe todo, que todo se lo acaba, que se la vive en el teléfono, que perdió mi brasier, que, que, que... que en vez de barrer la calle se pone a platicar, que tarda dos horas en tirar la basura, que qué mal se ve de pantalones y no quiere usar vestido, que a quién se le ocurre hacer el quehacer con tacones, que mira nada más qué greñas, que se pinta como si fuera de la calle, que qué se me hace que se echa mi perfume porque nunca se me había acabado tan pronto. Entre menos recursos económicos tiene la patrona, más hostiliza a su sirvienta porque lo único que puede diferenciarla de ella son los gritos y sombrerazos. Enviarla a este y otro "mandado", vigilar sus entradas y salidas, la reafirma en su "status" social. Por eso la sirvienta, cuando puede, estipula: "Mándame a una casa rica". O "me gusta estar sola, mejor una patrona que trabaje". Las sirvientas les huyen a las viejitas porque están todo el tiempo encima de

EMILIA O ISABEL

ellas, y a los departamentos, a los que "tienen que pagar renta". "Si apenas les alcanza para ellos, no sé cómo me van a pagarme a mí." Tampoco aprecian a los intelectuales de izquierda que dejan "un tiraderote de colillas y de botellas de toda la noche que se están platicando", ni a los de izquierda que viven como de derecha porque "el gobierno les manda muchas botellas, y ya con eso platican y platican y allí se están y no hay modo de hacer limpieza ni de abrir la ventana para sacar toda la humareda que no sé cómo no se ahogan". Sólo en muy contadas ocasiones la intimidad con la sirvienta rinde frutos porque la patrona no se siente dueña de su esclava, la deja usar pantalones, cortarse o no las trenzas, platicar o no con un muchacho. "Tus padres te encargaron conmigo, yo sé lo que te conviene, te aconsejo pero tú eres la de la decisión última." Sin embargo, la relación verdadera patrona-sirvienta no existe. ¿Cómo podría ser si la patrona le deja a la muchacha todo lo que no quiere hacer? Le pide que limpie el excusado en el que hace sus necesidades, que efectúe todo lo que a ella le parece indigno de su condición. Si ella es profesora universitaria, ¿cómo va a barrer el zaguán? Surge la famosa división entre académicos y manuales: el cerebro y las manos. La patrona tiene otro destino, ha cultivado el cerebro, lo ha alimentado, es más, lo ha costeado el Estado. Está muy bien que otro ser humano, sin destino, ni oficio ni beneficio, la criada pues, haga lo que a ella le quitaría un tiempo infinito y valiosísimo. Por eso alguien escobetea, vierte detergente y pone a blanquear, mientras otro investiga, escribe y da a la publicación. Mientras yo escribo, María, en la cocina, calienta la leche para darles de desayunar a mis hijos. De mí dirán después que qué buen libro (o qué malo) que qué inteligente o qué bestia peluda, pero de un modo o de otro, estaré en el candelero dizque cultural. María probablemente se encuentre de nuevo frente a la estufa, abriendo el gas, no para meter su cabeza dentro del horno como Sylvia Plath (lo cual ya es un privilegio de la clase dominante), sino vigilando la olla de la leche que hierve, para darles a los niños el desayuno número 171593746284300000.

No es que las patronas sean de la mediana, pequeña o baja burguesía, es que tradicionalmente, el problema de las sirvientas siempre se ha abordado igual. Ira Furstemberg, cuando estuvo casada con Alfonso Hohenlohe y vivió en San Ángel, declaró que se aburría en México porque las señoras no hablaban sino de niños y de sirvientas, y no creo que las señoras que Ira haya frecuentado fueran de la Narvarte o de la del Valle. Eran las de la "Ensalada Popoff". Sin embargo, se trataban como dos contrincantes: un gremio confronta al otro y los campos en que se libra la batalla son la estepa de la sala, el río del planchador, el pantano de la cocina, las coladeras que se tapan. Las cuentas se saldan cuando las patronas se desahogan y hacen el relato pormenorizado de la contienda o levantan la bitácora de este largo viaje sobre el proceloso mar de los trastes en el fregadero y la ropa sin lavar. Sin embargo, sospecho que hay algo más y que el rencor de las patronas va más allá de los reales o supuestos agravios. Resulta que la sirvienta es libre, puede irse y a la hora de que decide "me voy" no hay quien le ponga el alto. Se va. La patrona tiene que quedarse y mira desde la puerta a la gata que se aleja llevándose su caja de cartón mal amarrada para desaparecer en la esquina tan mágicamente como llegó. En cambio ella, la patrona, tiene que cuidar la casa, cerrar la puerta con llave, pagar la última boleta del impuesto predial, atender al señor, aguardar la quincena. No tiene días de salida, ni puede cambiar de amo, no se atreve a echar sus cosas dentro de una caja de cartón y largarse. Entonces se da cuenta —en carne propia— que nada esclaviza tanto como esclavizar y que por encima de ella está su sacrosanto esposo, su casa, sus pantuflas, su bolsa de mano, su decencia, su responsabilidad, Dios, la Virgen de Guadalupe, sus hijos, la sociedad, y que jamás podrá (a menos de ir al sicoanálisis, pero también los sicoanalistas actúan con un cartabón) abrir la puerta, abrir su cerebro, lavarlo con Fab-limón, ponerlo a tender al sol, decir: me voy porque sí, como Tito Monterroso que exclama ¡oh libertad inefable!

*

¿Por qué es tan silenciada en México la situación de las sirvientas? Porque su misma condición de sirvientas, como ya lo vimos, borra su voz. A las sirvientas, cuando están, se les olvida; toda su formación, el entrenamiento que reciben, tiende a nulificarlas. Una buena sirvienta no debe notarse, no hacerse oír, no ocupar espacio ni quitar el tiempo, pasar inadvertida. Es como el quehacer doméstico. Sólo se nota cuando no se hace. Le sucede lo que a la escoba y al recogedor, sólo existen cuando no los hay. Una sirvienta que hablara a grandes voces o se hiciera presente por su vestimenta poco ortodoxa sería invariablemente calificada de intolerable. Sus cualidades son las de la obediencia, la sumisión, el silencio.

*

De que un gremio conforma a otro no cabe la menor duda, de que los dos bandos son enemigos, he aquí una prueba.

Cuando se celebró en México el Año Internacional de la Mujer, de lejos el personaje más interesante y vital resultó ser Domitila Barrios de Chúngara, quien demostró además que los intereses del feminismo se dividen en clases sociales entre las cuales el abismo es inmenso. Dice Domitila:

"...Y una señora que era la presidenta de una delegación mexicana, se acercó a mí. Ella quería aplicarme a su manera el lema de la Tribuna del Año Internacional de la Mujer que era Igualdad, Desarrollo y Paz y me decía:

"—Hablaremos de nosotras, señora... Nosotras somos mujeres. Mire señora, olvídese usted del sufrimiento de su pueblo. Por un momento, olvídese de las masacres. Ya hemos hablado bastante de esto. Ya la hemos escuchado bastante. Hablaremos de nosotras... de usted y de mí... de la mujer, pues.

"Entonces le dije:

"—Muy bien, hablaremos de las dos. Pero, si me permite, voy a empezar. Señora, hace una semana que la conozco a usted. Cada mañana usted llega con un traje diferente: y sin embargo yo no. Cada día llega usted pintada y peinada como quien tiene tiempo de pasar en una peluquería bien elegante y puede gastar buena plata en eso; y sin embargo, yo no. Yo veo que usted tiene cada tarde un chofer en un carro esperándola a la puerta de este local para recogerla a su casa; y sin embargo, yo no. Y para presentarse aquí como se presenta estoy segura de que usted vive en una vivienda bien elegante, en un barrio también elegante, ¿no? Y sin embargo, nosotras las mujeres de los mineros tenemos solamente una pequeña vivienda prestada y cuando se muere nuestro esposo o se enferma o lo retiran de la empresa, tenemos noventa días para abandonar la vivienda y estamos en la calle.

"Ahora, señora, dígame: ¿tiene usted algo semejante a mi situación? ¿Tengo yo algo semejante a su situación de usted? Entonces, ¿de qué igualdad vamos a hablar entre nosotras, si usted y yo somos tan diferentes? Nosotros no podemos, en este momento, ser iguales ¿no le parece? Pero en aquel momento, bajó otra mexicana y me dijo:

"—Oiga usted, ¿qué quiere usted? Ella aquí es la líder de una delegación de México y tiene la preferencia. Además, nosotras aquí hemos sido muy benevolentes con usted, la hemos escuchado por la radio, por la televisión, por la prensa, en la tribuna. Yo me he cansado de aplaudirle.

"A mí me dio mucha rabia que me dijera esto, porque me pareció que los problemas que yo planteaba servían simplemente para volverme un personaje de teatro al cual se debía aplaudir... Sentí como si me estuvieran tratando de payaso.

"—Oiga, señora —le dije yo— y, ¿quién le ha pedido sus aplausos a ustedes? Si con eso se resolvieran los problemas, manos no tuviera yo para aplaudir y no hubiera venido desde Bolivia a México, dejando a mis hijos, para hablar aquí de nuestros problemas. Guárdese sus aplausos para usted, porque yo he recibido los más hermosos de mi vida y ésos han sido los de las manos callosas de los mineros.

"Y tuvimos un altercado fuerte de palabras. Al final, me dijeron:

"—Ya que tanto se cree usted, súbase entonces a la tribuna.

"Me subí y hablé. Les hice ver que ellas no viven en el mundo que es el nuestro. Les hice ver que en Bolivia no se respetan los derechos humanos y se aplica lo que nosotros llamamos la ley del embudo: ancho para algunos, angosto para otros. Que aquellas damas que se organizan para jugar canasta y aplauden al gobierno tienen toda su garantía, todo su respaldo. Pero a las mujeres como nosotras, amas de casa, que nos organizamos para alzar a nuestros pueblos, nos apalean, nos persiguen. Todas esas cosas ellas no veían. No veían el sufrimiento de mi pueblo... no veían cómo nuestros compañeros están arrojando sus pulmones trozo más trozo, en charcos de sangre... No veían cómo nuestros hijos son desnutridos. Y claro, que ellas no sabían como nosotras, lo que es levantarse a las cuatro de la mañana y acostarse a las once o doce de la noche, solamente para dar cuenta del quehacer doméstico, debido a la falta de condiciones que tenemos nosotras.

"—Ustedes —les dije—, ¿qué van a saber de todo eso? Y entonces, para ustedes, la solución está con que hay que pelearle al hombre. Y ya, listo. Pero para nosotras no, no está en eso la principal solución.

"Cuando terminé de decir todo aquello, más bien impulsada por la rabia que tenía, me bajé. Y muchas mujeres vinieron tras de mí..."

*

Cuando quieren acercarse a su sirvienta, las patronas adoptan dos tipos de conducta: uno el de la patrona-niña que brincotea, sonríe, solicita aquiescencia, se reafirma a sí misma ante los ojos de la comparsa (yo pertenezco a este adorable grupín), y otro, el de la patrona-madre que llama a la sirvienta "hija", la protege, la dirige en todo, se sienta en su cabeza (se convierte, como en el Cuzco, en su madrina), le sorbe el seso y la maneja por medio de un radar mucho más potente que el de cualquier película de ciencia ficción. A esta especie pertenecen las señoras de edad y de "mucho respeto".

CIRILA O TOMASA

La patrona-niña revolotea frente a su espectadora:

—¿Cómo me veo?

—Bien.

—Pero, ¿me queda mejor éste o el verde de antes?

—Con los dos se ve bien.

—Pero, ¿cuál crees que me sienta bien ahora que ando medio bronceada?

—Los dos.

—No seas tonta, dime, porque nomás me estás haciendo perder el tiempo.

—Es que todo le queda porque como es bonita.

Eustolia esconde sus manos dentro de su delantal, sus manos enrojecidas de mujer lava-sábanas, lava-trastes. La patrona da vueltas ante el espejo, mira su silueta slendertone, de nuevo interroga a saltitos.

—Entonces, ¿éste?

—Cualquiera.

—¡Qué mal modo tienes Eustolia! Ahora deténme el espejo para verme el pelo por atrás.

Eustolia detiene, admira, marca, plancha, lava, acomoda, aguarda. A la patrona siempre se le hace tarde y sale corriendo sobre sus piernas Nudit, gritándole a Eustolia que levante el cuarto, guarde las pulseras, recoja sus medias y sus calzones y los lave en el lavabo con Vel Rosita. Coquetea con Eustolia, le pide su opinión cuando dos segundos antes la obligó a lavar la taza del excusado, desinfectarla con Pinol, encimar el terco olor del Pinol al de los orines familiares, tallar de nuevo, echar Holandesa o Bon Ami, blanquear, tallar por tercera vez, escobetear, tallar el cochambre de las cacerolas, tallar, tallar, tallar, desempolvar, trapear, lavar, enjuagar, tallar, sacudir, guardar, acomodar; todos los verbos de rodillas dobladas están ligados al trabajo doméstico. Levantar, trapear, escombrar, cargar, cocinar, acarrear, contestar el teléfono, destapar, abrir, servir, servir, servir, hacer todo lo que los demás no quieren hacer, levantar todo lo que los demás tiran, levantar todo lo que dejan tras de sí, recoger los calcetines del suelo, restregar contra la piedra del lavadero los calzones con su riel de oro, el arco gris de mugre de los cuellos mancillados, el arco gris de mugre de los puños de las camisas, el polvo que se junta en círculos, el polvo que gira esférico sobre las pantallas, el polvo circular sobre la bola de cristal del futuro, el polvo sobre las manzanas, el polvo redondo de las cosas, el polvo que se hace irrespirable y gira redondo en una sola bola llamada tierra, el que hay que barrer de los rincones, el que se amontona sobre los buenos propósitos y debe sacarse junto con la basura de la mañana. Con el empuje de sus brazos fuertes, Eustolia recoge todas las frases inconclusas, los gestos hirientes, los portazos, las pesadas sábanas revueltas, los hedores, la relación casi siempre arisca del matrimonio, las respiraciones de los niños y las va barriendo hacia afuera a escobazo limpio, una y otra vez espantando los demonios hasta exorcizar el mal abriendo grandes los pestillos para que circule el aire.

La patrona se instala en el autoconsentimiento, la puerilidad, su rol de mujer-niña que desempeña para su marido, para Eustolia, su dónde dejé las llaves, Eustolia búscalas, no te quedes allí nomás paradota, su mi marido me va a matar, su ya no me quieres como antes, su no me alcanza el gasto para nada. Al infantilizarse, añade más verbos a la ya larga lista de los que tiene que proveer a la sirvienta: aconsejar, apoyar, solidarizarse, participar, ser "como de la familia", "como", mucha atención, "como", no encimarse, no igualarse, no treparse, conservar su lugar, sí, saber cuál es su lugar. ¿Puede uno imaginarse un mundo más indignante que éste, en el que uno está supeditado al otro? Son dos discursos los que se confrontan, uno el de todos los parlamentos, y el de la egolatría, el permisivo, el de la autoridad, y otro el de la comparsa, la muda, el rol fácilmente asumido y más fácilmente aún, remplazable, total, borrón y cuenta nueva. Un mundo, el de las pretensiones, se enfrenta a otro, el del desconocimiento. Ninguno de los dos se salva del encontronazo, las formas nunca adquieren más sentido que el que se les quiere conferir; no lo tienen por sí mismas. Nada resguardan, nada contienen, son simplemente órdenes que se van lanzando a diestra y siniestra, en la mayoría de los casos absurdas para quienes las cumplen. Limpia aquí, recoge allá, sirve por la derecha, te digo, no, me equivoqué, por la izquierda, es tu culpa, me ataranta tu incapacidad frente a mi capacidad de mando, mis tradiciones, mi pericia, mi autoridad.

*

Durante mi adolescencia pasé muchas horas en el cuarto de la azotea. Subía "a platicar" y nada me emocionaba tanto como las historias que allí escuchaba. Tiburcia, Enedina, Concha y Carmen se envolvían en sus recuerdos y en la ilusión del novio, la salida del domingo. Las veía desenmarañar su largo pelo con su escarmenador después de haberlo lavado y enjuagado en el lavadero. ¡Qué bonito rechinaba su pelo, qué bonito! Tuve una nana cuando ya no estaba en edad de nana y su devoción fue infinita. Se llama Magdalena Castillo y nos dio su vida a mi hermana y a mí. No nos lleva ni siete años, cuando "entró" apenas habíamos cumplido los diez y los once, ella tenía diecisiete "entrados " a dieciocho. No nos lleva ni siete años y nos dio su vida. No se casó, no se casó, no se casó por no dejarnos. No se casó. Nunca. Nunca nada. Nunca se fue. Sus años más importantes, entre los veinte y los treinta y cinco, nos los dio. Nos dijo: Tómenlos, para que con ellos hiciéramos papelitos de colores, tiritas de papel de china, lo que se nos diera la gana, le bailáramos el jarabe tapatío, la zapateáramos encima bien y bonito. Y de hecho lo hicimos. Le hundimos nuestros taconcitos de catrinas cebadas a lo largo de todo el cuerpo. Le acabamos las trenzas ahora adelgazadas, la despachamos a su casa a la hora de nuestra luna de miel, la nuestra, ¿eh? y le dijimos que regresara a cuidar a nuestros hijos. Aún estaba fuerte. Aún podía. Y volvió. Y todavía viene y trae manzanas y se acongoja por nuestras penas. Y nos besa y nos encomienda a Dios.

Del cuarto de azotea recibí dádivas. Siempre me dejaron oírlas platicar. Sólo una vez, una ordenó lanzándome una mirada negra:

—Bájese niña, ¿qué no le basta con lo que tiene allá abajo?

Años más tarde Jesusa habría de lanzarme la misma mirada de cólera al relatarme su vida, al responder a mi urgencia.

*

"Esos españoles ofrecieron pagarme 300 pesos al mes. Yo no conozco el dinero del Defe, menos mal porque no me pagaron ni un centavo. Esta señora güera lo bueno que tenía era que no era gritona. No tenía para qué, si estaba solita en su casa. Pero lo agarrada lo trajo de su tierra. En esa época los bolillos eran de a tres por cinco, no como ahora que son de a diez. Me compraba cinco de bolillos y me daba uno por la mañana con una taza de té negro y luego otro en la noche también con té. Desde entonces odio el té negro. Me gusta el de limón. A mediodía mandaba comprar tres centavos de masa, valía el kilo a seis centavos y ella misma hacía las bolitas para que no fuera a faltar ninguna tortilla. Luego contaba las tortillas, venía y me dejaba tres a mí y las demás las alzaba. A veces me daba frijoles y a veces nomás el caldo. Aunque hubiera buenas comidas yo no las probaba. Siempre guisaba las sobras. Hacía su paella y allí echaba todo lo de la semana. Nunca he visto una paella más tristecita."

Más rebelde, más personal que las demás —de mayor edad quizá— las reacciones de Jesusa Palancares merecen transcribirse por sus ocurrencias y su capacidad de rebeldía. En su testimonio, la relación patrona-sirvienta no puede ser sino opresiva. La experiencia de Jesusa Palancares se remonta a 1917, y por lo visto, desde entonces, la situación no ha cambiado o muy poco.

"Una señora de la Ribera de San Cosme me hizo sufrir mucho porque era muy exigente. Siempre andaba detrás de mí y a cada rato me decía:

"—Deja eso y ve a tal parte.

"No podía yo terminar de planchar cuando ya me estaba ordenando que pelara las papas o que fuera a lavar el excusado. Luego iba yo al mandado y de tan mal hecha, me hacía trabajar doble. 'Eh tú, se me olvidaron las cebollas. Tienes que ir por ellas.' No sabía mandar y ya no era hora de que aprendiera. Al contrario me desbarataba el quehacer. Y ahí estaba su casa, toda por ningún lado. Por eso cuando iba a encargar trabajo, yo luego decía:

"—Bueno, si son mexicanos no me den la dirección porque no voy. Serán mis paisanos pero francamente no me avengo. No es que los extranjeros no manden, pero le hacen de otro modo: son menos déspotas y no se meten en la vida de uno: '¿Ya fuiste a misa? Vete a los ejercicios. ¿A qué horas llegaste anoche? No vayas a platicar con ningún hombre, eh tú, porque nosotros no respondemos, eh tú'. En aquel tiempo no había agencias de colocación. Iba yo a las casas y les tocaba:

"—Vengo de parte de la camisería Fulana o de la panadería o de la lechería o de la botica Perengana... donde usted encargó.

FELISA O SALUSTIA

"Luego la señora de la casa mé decía:

"—¿Trae recomendaciones?

"—Sí.

"Le enseñaba la carta y ella decidía. Y de esa manera hallaba trabajo. Pero hubo una casa aquí en la Roma donde entré en la mañana y a las cinco de la tarde me salí porque no aguanté. Si allá cuando trabajé por primera vez en 1917, la güera española me daba té, esta mexicana me dijo:

"—Ahí están los asientos. Póngalos a hervir para que se tome el café.

"Yo pensé: 'No, yo estoy muy pobre pero no tomo asientos. Perdone usted. Allí se queda con sus asientos, que se siente en ellos y que le hagan provecho'. A mediodía hizo de comer. De la carnicería le trajeron filete. Lo pinchó y lo metió al horno. Cuando en la mesa terminaron de comer, juntó todas las sobras de los platos soperos, las echó a la sopera y me dijo que las revolviera con la sopa de la cazuela. Le dije yo que estaba bien. 'Si ella quiere que se lo revuelva, se lo revuelvo. Con su pan se lo coma'. Luego sacó del refrigerador un pedazo de carne manida, verde de lama y tiesa. Cortó dos rebanaditas de carnita, una para la recamarera y otra para mí, y le puso unas hojitas de lechuga a cada lado. Pensé: 'Pues que se la coma ella porque yo me aguanto el hambre'.

"Y me apuré. Levanté la cocina, trapié y luego me dijo: 'Puede ir a traer su ropa'.

"—Sí, señora. Espéreme sentada.

"—¿Qué dice?

"—Lo que oyó usted señora. Le regalo el día de trabajo.

"Y que me voy."

En el cuento "Esperanza, número equivocado" del libro *De noche vienes*, como lo dice Sara Sefchovich, la criada Esperanza accede a un status más alto: "Durante treinta años, los mejores de su vida, Esperanza ha trabajado de recamarera. Sólo un domingo por semana puede asomarse a la vida de la calle. Ahora, ya de grande y como le dicen tanto que es de la familia se ha endurecido. Con su abrigo de piel de nutria heredado de la señora y su collar de perlas auténticas, regalo del señor, Esperanza mangonea a las demás." En "Love Story" si Lupe pule la plata y sacude los muebles antiguos, es ante todo la detentadora del equilibrio emocional de su patrona. En *Balún Canán*, Rosario Castellanos hace que toda su infancia descanse en su nana Rufina que la lleva de la mano y le enseña a reconocer las cosas de la tierra. Damiana Cisneros es la sirvienta de Pedro Páramo el de Rulfo, y es a Damiana a quien Pedro Páramo le ordena:

"—¡Damiana! Encárgate de esa cosa. Es mi hijo."

En "El inventario", Ausencia, según lo consigna Sara Sefchovich, es un vivo reproche, con su suéter y su chal cruzado sobre los hombros, "su chal para taparla de todos estos años no vividos, del frío de toda esta vida con nosotros".

Si Rosario Castellanos reconoce su deuda, si se siente culpable por saberse hacendada, una blanca en medio de indígenas, una patrona que dispone de siervos, ninguna consideración particular o personal ha llevado al mejoramiento de las condiciones de las trabajadoras domésticas en nuestro país. La llamada "gente de izquierda" nunca ha hecho nada por cambiar su suerte. Al contrario, las sirvientas prefieren trabajar en "casas grandes" porque la patrona se mete menos y el trabajo se reparte entre varias. "Búsqueme una gringa. Mejor una rica. Mejor una que viaje."

*

De la mano de su nana chamula, Rufina, la niña Rosario Castellanos se puso a descifrar las cosas de la tierra y a apuntarlas para que se le quedaran grabadas. Ninguna escritora mexicana le ha rendido mayor homenaje a las "nanas", esta institución que supongo es propia de América Latina, que Rosario Castellanos. Ninguna además se ha sentido culpable (como si la culpabilidad sirviera de algo) porque además de nana, Rosario tuvo una compañera de juegos, una niña chamula que le fue entregada a la madre Adriana Castellanos para que acompañara a Rosario, la cargara. Todas las niñas ricas tenían a su cargadora. "Esta institución —la de la niña indígena— estaba en todo su esplendor y consistía en que el hijo de los patrones tenía para entretenerse, además de sus juguetes que no eran muchos y demasiado ingenuos, una criatura de su misma edad. Esa criatura era, a veces, compañera con iniciativas, con capacidad de invención que participaba de modo activo en sus juegos, pero a veces también resultaba sólo un mero objeto en el que el otro descargaba sus humores; la energía inagotable de la infancia, el aburrimiento, la cólera, el celo amargo de la posesión."

"Yo no creo —dice Rosario— haber sido excepcionalmente caprichosa, arbitraria o cruel. Pero ninguno me había enseñado a respetar más que a mis iguales y desde luego mucho más a mis mayores. Así que me dejaba llevar por la corriente. El día en que, de una manera fulminante, se me reveló que esa cosa de la que yo hacía uso era una persona tomé una decisión instantánea: pedir perdón a quienes había yo ofendido. Y otra para el resto de la vida: no aprovechar mi posición de privilegio para humillar a otro."

En las casas ricas son las mismas criadas las que estipulan lo que les toca a cada una. "Esto a mí no me toca", su mínima y pueril defensa. Decir que no a algo es ya una pequeñísima victoria, delimitar el campo de trabajo es una manera de afirmarse, tecnificar un poco esta tarea que lo abarca todo y, viéndolo bien, significa levantar la casa, tomarla literalmente en brazos, alzarla, acomodar los trastes en la alacena, que toda vaya para arriba gracias a estas manos que levantan, levantan, suben en lo alto, yerguen, construyen, acomodan, arman, ponen de pie. Un día Eulogia, en *Se necesita muchacha*, llega a la conclusión: "y así a veces el sufrimiento hace que uno, al no hallar en quién desfogarse, piense que tal vez con el compañero pueda desfogarse. Pero uno sin darse cuenta en eso puede caer en un fracaso peor". Fátima, en cambio, no se hace ilusiones: "Así como somos sirvientas en la casa de la patrona, en la casa del hombre igual estamos atendiendo, es igual controlado. La mujer tiene que estar siempre baja cuando se casa con el hombre, y en el pensamiento del hombre está que la mujer no tiene derecho de andar en la calle cuando tiene su marido, sino que tiene que estar en su casa como una esclava, dependiendo del hombre nomás ya. Los hombres, a las mujeres ya no nos consideran como a ellos mismos, sino como a una sirvienta nos tratan, como a un animal, a un perrito". Pobrecitas perritas que vienen de Tungasuca, Ayaviri, Juliaca, Apurímac. Todo lo que les sucede a las mujeres de la cintura para abajo, representa para las sirvientas un yugo aterrador que padecen a lo largo de su vida, una maldición gitana, el oráculo que por fatalidad debe cumplirse. A partir del momento en que viene la primera sangre, su cuerpo de la cintura para abajo no parece pertenecerles, está sujeto a procesos ajenos a su voluntad. Muy pocas están enteradas del proceso biológico de toda mujer. Nadie les ha dicho el significado de la menstruación, muchas la esconden de sus madres o tías, madrinas o patronas, y padecen su regla como una enfermedad. Están enfermas, lo que les sucede es sucio, nadie debe enterarse. El hombre que las desea les abre las piernas, se "enferman de niño" y también el embarazo resulta una maldición. "Ya se alivió de su niño", anuncian las otras. Ya pasó el mal trago. El médico o la comadrona furgonea allá adentro como en un horno de su propiedad. Todos meten mano. Sólo ellas, las perritas, permanecen ajenas a esta parte de su cuerpo que las hostiliza, las desconcierta y que, por lo demás, la sociedad, la religión, la costumbre les ha enseñado a ignorar. No saben de lo que se trata. El hijo de sus entrañas sale a la luz de uno de los dos agujeros por el que orinan pegado al hoyo por el que excretan, funciones que se llevan a cabo en soledad, la única privacía de su vida. El embarazo tan secreto "como ir al excusado" se gesta solapadamente en sus entrañas: es una enfermedad. La mujer se parte en dos; una mitad contempla horrorizada a la otra, nada hay que hacer, todo lo que le sucede le es ajeno, no puede prever su reacción, se mira a sí misma como esos gusanos pisoteados cuya cola todavía gesticula, ya separada del tronco y de la cabeza. Cada pedazo tiene autonomía propia. Micaela, por ejemplo, hablaba de su "cola" como si la llevara muy atrás, separada de ella, a mil años luz de su entendimiento y aceptación. No podía controlar lo que le sucedía a su cola y la miraba con sorpresa y sin afecto, como si siempre estuviera jugándole malas pasadas. Después de nueve hijos, todavía no se acostumbraba a esa parte de su cuerpo que tenía una autonomía propia. Rufina, hoy en día, vive su cuerpo como su enemigo: "Cada vez que me embarazo me da tantísimo coraje que quisiera matarme. Me baño con agua helada, tomo tés a ver si se me baja, brinco escalones a ver si esa cosa se cae, pero ni así. Ya no hallo qué hacer para sacármelo de adentro".

Cuando Dominga, Petronila, Carmela, Yolanda, Rosa, Lupita, tienen un hijo (lo cual casi siempre sucede porque en eso desemboca la vida de la mayoría de nosotras las mujeres) ni siquiera se dan cuenta de que están embarazadas, como Dominga que no tiene una sola noción de su fisiología. Las muchachas quedan heridas, brutalmente vejadas en aquello que podría ser lo más gratificante de su vida: su maternidad. Edmundo Valadés escribió un cuento estremecedor en el que califica el acto sexual de grosería: "Me hicieron la grosería", confiesa la violada, "me usó", reitera, "como si fuera un depósito, un basurero". "Se vino" como hubiera podido venirse en cualquier otro envase. Dominga hace el relato de su ignorancia y su desamparo: "Yo no sabía que estaba en estado. No sabía de mis reglas, creo que yo estaría recién en dos o tres meses nomás, y cuando ese hombre me ha hecho, yo no sabía. Entonces ya no me venía la regla: 'Ya estoy sana, seguro he estado mal' y yo no sabía nada, pues. '¿Qué cosa me habrá pasado?', porque cuando tuve mis reglas por primera vez, me asusté y no sabía a quién decir tampoco. Entonces ya me pasó con ese hombre. 'Seguro he estado mal', dije. Yo no me daba cuenta. Por eso cuando me pasó yo no sabía nada, pero la

FERNANDA O GUADALUPE

señora me hizo ver con una doctora, me llevó donde esa doctora. Cuando tres veces me hizo ver. '¿Qué cosa?, ¿por qué todo mi cuerpo revisa?' Curiosa me ponía y una de esas veces cuando me había revisado y me hacía esperar en una salita al lado, me puse detrás de la puerta de lo que estaban conversando, entonces he escuchado: 'Embarazada de mes', no sé tampoco, no conocía esa palabra. Entonces cuando vino la lavandera a la casa y me encontré solita con ella: ¿Qué quiere decir esa palabra?, diciendo, pero no me quiso avisar tampoco, nada entonces, ya despúes suplicándole, ayudándole todo lo que tenía que lavar, me ha hecho avisar.

"Desde cuando me enteré que iba a tener un hijo, yo lloraba y la señora siempre me encontraba llorando..."

Casi todos en realidad son casos de violación, pero los violadores jamás son inculpados, mucho menos castigados. Son las mujeres las que deben pagar su culpa —infelices mancornadoras—, motivosas que andan provocando. ¿Cuál culpa? La de su pobreza, la de su ignorancia. Dominga, por ejemplo, nunca sale de su condición de víctima. El desconocimiento de la vida, el de su propio cuerpo está tan acendrado en ella, y en muchas otras mujeres, que la vida la padece, todo lo que le sucede le "cae" ahora sí que de madre, no sabe explicárselo, va de catástrofe en catástrofe y, al final, sólo le queda sobrevivir, aguantar los días hasta que la piadosa muerte venga a llevársela. Su historia es la del desamor. Se da cuenta de que en el fondo nadie la ha querido nunca. Las consecuencias del desamor, el abandono en el que la tienen desde su infancia se traduce en grito de Guadalupe: "¡Quiéranme, quiéranme!" Guadalupe recuerda no a sus padres, sino a las monjas de un convento: "Extrañaba a las madres que me acariciaban, me querían, me hacían jugar", y a lo largo de su vida sigue dándose de topes, buscando afanosamente ese cariño que nunca habrá de recobrar: "...las madres me querían, en cambio la señora no puede ser igual, siempre hay diferencia. No creo que las patronas te quieran de verdad. Quizá de mentira. Francamente me he hecho engañar porque la señora me decía: 'Hijita tal cosa'; entonces con ganas hacía las cosas, por gusto entregaba mis fuerzas, yo decía tontamente: 'Me quiere, por eso voy a hacer las cosas rapidito, más me va a querer' pero en realidad no es pues así, recién me doy cuenta".

Su afán amoroso desemboca siempre en el desencanto. Va de frustración en frustración. El hombre las usa una vez, luego no vuelve a verlas, la patrona sólo las quiere por interés y mientras trabajan para ella. A partir del instante en que deciden irse, en un parpadeo la patrona las hace objeto de su desprecio, muchas veces hasta de su odio. Les reprocha su ingratitud, el cariño se desvanece, no existió nunca. Nunca las quisieron. Mientras le sirvieron ahí la llevaban, cuando ya no les sirven sólo el rencor se asoma a los ojos, sólo el árbol rojo de la cólera en la mirada que se cuela por la rendija de las pestañas pintadas.

*

En general, los hombres y las mujeres tendemos a olvidar la humillación y la infelicidad apenas salimos de ella y en el caso de las sirvientas, el olvido es una tentación casi irresistible. Se acostumbran a que les vaya mal y por más mala que sea su situación siempre hay otra "más pior". O, como lo dice Rosario Castellanos, hemos recibido tan poco, somos tan poco que también nos conformamos con muy poco. Por eso las mujeres no pedimos y si lo hacemos es en voz tan baja, con tanta timidez, un miedo tan grande a desagradar que nuestra misma actitud invalida la bondad de nuestro propósito. En el caso de mujeres menos afortunadas, también con sus machos han sido sirvientas, así como lo fueron de Dios: "Yo soy la sirvienta del Señor, hágase conmigo según tu voluntad". Su situación anterior siempre ha sido peor, por lo tanto apenas dejan de sufrir (y eso no es estar bien, es simplemente no sufrir) olvidan que han pasado las de Caín y caen en la tentación del nirvana. Son pocas las mujeres que recuerdan los dolores del parto y hablan de ellos; sólo los revive un nuevo parto y entonces se abren a la comunicación y quieren o pueden hablar. Pero si no, pasan a un estado de inconciencia y así lo afirman. "Todo se me ha olvidado." Están tan acostumbradas al dolor que protestar les parece impúdico. Además la larga tradición cristiana les ha infundido la resignación y entre todas las lecciones, ésta les ha entrado con sangre, y ésa sí, jamás la olvidan. Por eso mismo lo notable de estos relatos —que desentierran los recuerdos, los despiertan y los sacan a la luz— es que rompen el aislamiento de la sirvienta y su grito es un llamado a la unión:

(166)

"¡Ustedes que están encerradas en casa de ricos, no están solas, hay otras iguales en igual situación! ¡Juntémonos!"

*

Ante la inminencia de su divorcio una mujer de buena posición se puso a llorar desconsolada: "¿Adónde puedo ir? Mis padres han muerto. No sé hacer nada". Si esta situación dramática se le presenta a una mujer que se supone "educada", ¿qué pueden esperar las demás que están en absoluta desventaja? ¿Adónde irían, a ver adónde? A las sirvientas violadas, en México las llamamos "fámulas" porque no son ya sino mujerzuelas, abusivas, cuzcas, aprovechadas, zorras, taimadas, provocadoras, mustias, bien que se lo tenían guardado, bien que a eso vinieron. Con su muchachito a cuestas es difícil que consigan trabajo. Si la patrona las admite, les baja el sueldo porque, ¿quién va a alimentar a la criatura, tú o yo? Devaluadas, sí, las mujeres lo han sido a lo largo de la historia; seres golpeados, vilipendiados, y nadie más atropellado que estas muchachas sobre quienes caen todas las maldiciones del mundo. Una agrupación humana sometida durante mucho tiempo a tensiones y degradaciones, sufre a largo o a mediano plazo las consecuencias. El 33 por ciento de los norteamericanos que estuvieron en Vietnam tienen conflictos sicológicos, están sujetos a depresiones, un 24 por ciento han cometido crímenes, actos delictivos. Se puede alegar que las sirvientas no viven en estado de guerra, que nadie las bombardea, que nadie intenta matarlas. Si la opresión es menos abierta, no es menos insistente. Y las secuelas sicológicas están a la vista de todos.

*

La angustia del cuarto de azotea me ha llevado a pensar que en la medida en que es posible que el hijo del mozo de rancho sea un día secretario de estado, en esa misma medida debe ser posible que el hijo del secretario de estado sea un día mozo de rancho. Sin embargo, en América Latina, se habla inmediatamente de descastación. Un muchacho que desciende de su clase social, es un descastado; traiciona sus orígenes, reniega de su gente. Billy Crocker, hijo de los dueños del Crocker Bank y del Museo de Arte

Moderno de San Francisco, escogió trabajar dentro de una comunidad indígena en Brasil. Compartió la vida de los más pobres y este ejercicio se equiparó a una clara vocación religiosa. Así los antropólogos que participan durante un tiempo en la vida comunitaria plegándose a sus limitaciones canjean su situación anterior y puede considerárseles hijos de mozo de rancho. Pero esta opción de un modo de vida es sólo transitoria. Ningún pobre escoge voluntariamente su pobreza. El hijo del rico la escoge y esa sola opción hace toda la diferencia. Chayito Escamilla, con quien fracasé estrepitosamente, no iba a volverse una patrona (a mi imagen y semejanza, porque en realidad, esto era lo que yo soñaba para ella: hacerla dueña de una fábrica, patrona a la vez, no supe ofrecerle ninguna otra cosa) ni el hijo del secretario de estado un peón de rancho. No podemos en tanto que individuos echar nuestros puentecitos personales sobre la inmensidad del abismo del que habla Domitila. Desee uno o no la lucha de clases, allí está, es un hecho, y más que soluciones, las mías parecen ensoñaciones, sueños irrealizables. El protestante Billy Crocker volvió a su trabajo de rico, a sus buenos zapatos. La balanza sólo se inclinó hacia un lado, ningún brasileño vino a San Francisco a abrir su cuenta en el Crocker Bank, ningún indígena cambió de situación y es poco probable que esto suceda en los años venideros, aunque en los Estados Unidos los "niños bien" aprenden como los "self-made men" a bastarse a sí mismos y ejercen oficios que no hacen juego con su clase social: lavan trastes, descargan un camión de mudanza, pero sólo como un aprendizaje, una etapa en su formación de "ejecutivos". Difícilmente podemos imaginarnos a Roberto Redo de los "mighty Mexicans" lavando la loza de la Fonda del Refugio o a Rafael de Yturbe de afanador en el 20 de Noviembre. Claro, éstos serían los extremos, pero es imposible visualizarlos en un trabajo ajeno a su condición. Las formas los encasillan a tal grado que si uno de ellos se sentara en la banqueta del Paseo de la Reforma lo calificarían de loco. Aunque su intención solidaria fuera ingresar a las apretadas filas de los muertos de hambre, los humillados que caen en donde sea, las rodillas dobladas, sólo el sacerdocio le permitiría ejercer su vocación franciscana.

De que el hijo del secretario de estado sea un día mozo de rancho es una posibilidad muy remota, porque en México, el grado de constreñimiento social es enorme. El estatus radica en la exhibición del poder y los escaparates son las planas de sociales que ahora se imprimen a todo color. Nuestra sociedad tiene una provinciana fijación en el qué dirán, la ropa apropiada para cada ocasión, la fachada y demás "corsets" que resguardan putrefactos cadáveres exquisitos. La exhibición de la riqueza es una garantía de linaje,

DESCALZA, COMIENZA SU VIDA EN EL DEFE

de distinción. Soy rico, luego existo. Soy rico, luego soy alguien. Gastón Billetes con su diamante en la nariz no es un símbolo sino una réplica exacta, una fotografía que Abel Quezada, buen observador, tomó con su cámara instamátic. Dentro de este contexto, los mozos de rancho siguen siéndolo y sólo avanzan en la sociedad si logran cambiar de traje. Es esclarecedora esta anécdota en que el peón corre a avisarle al hacendado:

—Un señor lo busca en la puerta.

—¿Un señor? ¿Un señor como tú o como yo?

*

Romanita Zárate, que más que mexicana parece china, cuando la regañan, se sienta, a los sesenta años, en el piso de la cocina y acuclillada como un Buda, llora: "¡Ay cómo sufro! ¡Ay cómo sufro! ¡Ay cómo sufro!" Lo hace a gritos, mientras su sucesivas patronas la miran estupefacta. Si el estupor aumenta, Romanita se lamenta en lo más agudo de la i: "¡Cómo sufrí! ¡Cuánto sufrí! ¡Cómo sufrí! ¡Cuánto sufrí! ¡Sufríiii! ¡Sufríiii! ¡Sufríiii!" Las criadas viven su situación como una condena. Jesusa Palancares en *Hasta no verte Jesús mío* se condena a sí misma:

"Al fin de cuentas, yo no tengo patria. Soy como los húngaros: de ninguna parte. No me siento mexicana ni reconozco a los mexicanos. Aquí no existe más que pura conveniencia y puro interés. Si yo tuviera dinero y bienes, sería mexicana, pero como soy peor que la basura, pues no soy nada. Soy basura a la que el perro le echa una míada y sigue adelante. Viene el aire y se la lleva y se acabó todo. Soy basura porque no puedo ser otra cosa. Yo nunca he servido para nada. Toda mi vida he sido el mismo microbio que ve."

A los setenta años, la autodevaluación de Jesusa Palancares debería ponernos sobre aviso. Su declaración es gravísima, y en lo personal, la vivo como una tragedia. Jesusa ha perdido su agresividad y su ira, sus palabras son una constancia de su derrota. Los pobres ("el pueblo" del PRI) son basura, no sirven para nada, microbios. Jesusa no se defiende, se asume como basura a la que el perro le echa una miada y sigue adelante. Jesusa Palancares es el ser más atropellado y vejado de la historia de México.

*

Tanto en los errores como en los delitos, el grado de impunidad debería aumentar cuando se desciende en la escala social porque entre los pobres los sufrimientos infligidos se viven más como abusos de poder que como castigos. El castigo sólo tiene sentido cuando el sufrimiento va acompañado de la certeza de que se hizo justicia. En cambio, la injusticia se hace más flagrante a medida que se desciende. He aquí el caso de dos chicas de la misma edad: una hija de familia, la otra la criada. Ambas se encontraron en la misma situación: embarazadas. A la criada la corrieron, a la catrina la llevaron a abortar a una clínica de Polanco. Las dos tenían el mismo vientre, el mismo sexito recién estrenado, los mismos pechos, las mismas nalgas, el mismo miedo. Las soluciones para ambas fueron diametralmente opuestas. Dice Simone Weil que cada hombre es igual al otro en esperanza pero a la esperanza de la criada se la hicieron polvo. Para los pobres, la esperanza es casi siempre un estorbo. Enfrentada al mismo trance que la rica, la pobre es repudiada. Sí, Jesusa Palancares tiene una muy fuerte personalidad, sin embargo, a diferencia de todas las que hablan en *Se necesita muchacha*, nunca permaneció dentro de alguna organización que le brindara oportunidad alguna; todas fallaron, desde la sindicalista hasta la espiritualista, nunca supo lo que era una organización clasista que contara entre sus propósitos el de dar a sus miembros la explicación de esta situación inferior que es de orden estructural, económica y social. Jesusa nunca pudo salir de su visión individual, nunca se percibió a sí misma como miembro de una clase —la trabajadora, motor de la historia— y por lo tanto ya no pudo dejar de atribuir su situación inferior a su propia incapacidad: "Soy la misma basura que usted ve, a la que el perro le echa una miada y se va", conclusión que la agobia y nos agobia también. Por eso llama la atención la actitud reivindicadora de "Trabajadoras Domésticas del Cuzco", estas muchachas que provienen de Juliaca, Ayacucho, Pulcapa, Arequipa, Puno, Chimbote, Lima, y luchan por ser consideradas como obreras y tener la misma ley que los obreros; todas ellas han decidido ser miembros activos dentro de esta lucha de clases (que dicho sea de paso, sobrepasa de lejos los conflictos patrona-sirvienta).

*

Dice también Simone Weil que de todas las necesidades del alma humana, ninguna más vital que la del pasado. Sin embargo, la población que viene a la ciudad a desarraigarse rechaza su pasado, y cuando lo conoce lo niega.

Luis López Moctezuma, quien fuera rector de la Universidad de Baja California, me aseguró que si se abriera la frontera, la mitad de los mexicanos pasarían a los Estados Unidos: cuarenta millones de mexicanos dispuestos a abandonar su país, olvidar su pasado, borrar lo que significa México. En verdad, ¿qué significa México para los pobres? El amor al pasado no tiene nada que ver con una orientación política reaccionaria pero el hecho es que en las escuelas, así como no se ha creado una mística del trabajo manual o del trabajo a secas, así como no tenemos un destino manifiesto, tampoco se fomenta el culto al pasado. Todo pueblo encuentra y saca su fuerza de una tradición, pero nosotros hacemos lo posible por borrarla, sustituirla por una modernidad de pacotilla, de infame acetato, de industrialización de plástico, vinílica y melamina. El día en que quise llevar a Serafina a las pirámides exclamó:

—Ay no, allá usted, pero, ¿quién quiere ver esos montes tan feos?

En cambio, salió a comprarse unos anteojos Polaroid, igualitos a los de Fidel Velázquez, seguramente para no ver Teotihuacán. Unos días después, en un camellón, le compré a mi hija una muñequita otomí de ésas con gorra de muchos olanes para espantar los demonios como los cosen primorosamente las madres indígenas. Cuando la traje, Serafina inquirió:

—¿Pa'qué mercó ese mono tan feo?

—¿Cómo va a estar feo?

No sólo le pareció feo, le tenía coraje; encolerizada, nunca lo puso junto a los demás muñecos de Paulita; siempre andaba yo rescatándolo del baúl de los juguetes y un día simplemente desapareció como había desaparecido de Serafina el amor a su pueblo, a su "idioma". Lo mismo me sucedió con Angelita, quien fue aún más tajante cuando le expliqué que las de Teotihuacán eran unas pirámides geométricas y asombrosas hechas a pulso, con el puro esfuerzo de los hombres, su deseo de rendirles a sus dioses. "¡Huy menos! —respondió— ¡Allá esos majes que se dejaron! Y luego, esos tepalcates tan feos que les dicen dioses. A usted porque le gustan esas cochinadas, yo tengo malos ratos, pero no tan malos gustos." También, todo lo de Angelita era de plástico, desde los tubos con los que se rizaba el pelo hasta los tacones de sus zapatos altos. Y siempre me pidió carpetitas de plástico a imitación del encaje en vez de los individuales de paja que ponía yo en la mesa. Recriminaba: "¡Ni que fueran bueyes, tanto zacate tejido!" Percibí en ella una verdadera rabia, la negación de todo aquello que es admirable.

Siempre he considerado que Chichén, Uxmal, Teotihuacán, son de los campesinos. En 1954, en el Tajín, Modesto González, un campesino, pastoreaba a ciento ochenta pirámides. Ciento ochenta moles bajo tierra, él era el custodio de toda esa grandeza arruinada que recorría y acariciaba todos los días como un recuerdo personal. Aún tengo presente su rostro perfilado y agudo donde los pómulos, la nariz y el mentón parecían otras tantas pequeñas y modestas pirámides. El viejito que guardaba las pirámides era su legítimo propietario, el único. El Instituto de Antropología e Historia no tenía casi para pagarle, ni mucho menos para un servicio de vigilancia, y éste celaba cada uno de los montes sobre cuyos lomos paseaba su mirada, sentado encima de la pirámide más alta. Le pregunté: "Oiga usted, señor don Modesto: ¿no le cuesta mucho trabajo cuidar su rebaño de pirámides? ¿Nunca se le ha perdido ninguna?" "Cállese usted", me respondió. "Una vez vino aquí una caravana de turistas norteamericanos que parecían haberse puesto de acuerdo para llevarse una a pedacitos... No, no es tan difícil cuidarlas porque casi todas, ya lo ve usted, están enterradas. Hasta ahora sólo hemos descubierto ocho de todo a todo." "Entonces, señor don Modesto, ¿usted es el encargado?" "Sí, yo soy el dueño." Además de poético a mí me pareció totalmente justificado. Pensé, si no tienen nada al menos que sean los dueños del pasado. En el Tajín, el pasado lejano de México se me vino encima como una gran pirámide aplastante y las palabras que designan las razas antiguas se me llenaron de pronto de sentido con la grandeza de sus obras arquitectónicas. "Usted cree, don Modesto, ¿que éstas las construyeron sus abuelos?" "Más bien, los abuelos de mis abuelos", respondió gravemente, "ellos fueron los que las levantaron: los totonacas."

¿Qué les aporta el futuro a los campesinos, qué les da? ¿Qué pueden darle al futuro sino su vida misma? Pero para dar hay que tener, poseer y ellos no poseen más vida o más savia que los tesoros heredados del pasado. Lo único digerido, lo único que puede asimilarse y recrearse es el pasado. Sin embargo nadie les ha dicho que Chichén Itzá, Uxmal, Monte Albán, Tula, Teotihuacán son de ellos y no de la Kodak ni de las tiritas amarillas que se ven en el suelo arenoso, nadie ha organizado allí grandes concentraciones en que se les hable de México, se han hecho, sí, espectáculos de Luz y Sonido a imitación de Sons et Lumières de los castillos del Loire, como si lo que pretendiéramos es que nos entiendan los europeos, los norteamericanos. "¿México para los mexicanos?" Los hombres de campo no lo viven así. Los espíritus jóvenes que despiertan al pensamiento necesitan del tesoro que ha amasado la especie humana en el curso de los siglos pero, ¿quién se preocupa por fomentárselo? ¿No ha sido nuestra cultura un continuo hacer a un lado nuestro pasado? ¿Con qué materiales pueden los pobres construir su futuro? Si en *Se necesita muchacha* casi todas hablan de su niñez, ninguna habla de su futuro, como si no lo tuvieran, como si la consigna fuera: "No mires hacia adelante". ¿O será que la decisión de las autoras ha sido el no hablar del futuro, porque este futuro no lo quieren vivir dentro de esta sociedad, sino dentro de otra, esta "nueva vida" de las que habla Egidia Laime, que no se puede describir porque hay que construirla y no soñarla? Sin embargo, hay palabras en las que se reconocen los que han sufrido, los que han sido violentados, y por eso, las palabras de *Se necesita muchacha* se sienten de verdad, duelen como en México nos duelen las de Jesusa Palancares. "Para todos sale el sol, por más tarde que amanezca", dice el refrán y en *Se necesita muchacha* se vislumbra una solución: el Sindicato que les permite reunirse, reconocerse y defenderse. En general, los pobres no se permiten ver más allá, les cuesta tanto trabajo simplemente llegar de la mañana a la noche que para ellos resulta inaccesible como esos bienes que cintilan en la televisión, la casa en Bosques de las Lomas, el Ford, la rubia de categoría, los modelos de Vanity. Un día al regresar de Tonantzintla, Guillermo ofreció llevar a un campesino. Se pusieron a platicar y cuando de pronto le preguntó: "Y tú, ¿qué sueñas?" El hombre le respondió: "Sabe usted señor, a nosotros nos trae mala suerte soñar". Si no tienen futuro, tampoco tienen pasado y tampoco saben cuál ha sido su pasado.

El proceso que sufren los pobres es de un desarraigo agudo. Aun sin salir de México, han sido moralmente desarraigados, exiliados y admitidos de nuevo dentro de su propia geografía, tolerados a título de carne de cañón, carne de trabajo. No pertenecen ni a su casa, ni a la del patrón, ni tampoco a la fábrica, ni a los sitios de recreo, ni a la cultura mexicana que jamás, ni por equivocación, los ha tomado en cuenta. "Yo soy fuereña", dice Elena. Sí, Elena no es de aquí. Es extraña en su propia tierra y junto a Dominga, a Petra, a Casimira, a Yolanda es un bicho raro que nadie asume, nadie quiere. Ninguno se ha responsabilizado de su sobrevivencia, su extinción deja a todos indiferentes, y su círculo de acción es tan reducido que su problema no trasciende, a nadie le importa, es fácil de solapar. Simona cuenta en *Se necesita muchacha* de un profesor de religión que les preguntaba: "Ustedes, a ver, ¿en qué peligro se ven?" Y ella le respondía: "Siempre nosotras las empleadas nos vemos en todos los problemas. Cuando venimos del campo, nosotras jóvenes, no sabemos nada y siempre estamos en peligro. Es como un perrito en la calle, allí siempre sin cariño, sin nada, tristes y siempre nos puede pasar algún peligro y no sólo del hombre, sino también de las mujeres, o sea de las señoras que no nos tratan bien sino a golpes; nosotras queremos un poco de cariño y que no nos hagan comprender a golpes; pero a golpes, a gritos nos hacen comprender cualquier cosa, entonces más, más brutas nos volvemos. En vez que nosotras comprendamos, otra clase nos vuelve..." "Zonza he venido de Lima —enfatiza Simona— mi cabeza tantos golpes había recibido de mi patrona que estaba otra."

Denunciar los golpes, como lo hacen las autoras de *Se necesita muchacha* es ya un poco de cariño, es levantar la cabeza y decir "basta". Si su necesidad amorosa no queda colmada, si su vida quedó trunca a los veintiocho años, por lo menos, Egidia Laime —en torno a quien giran los testimonios— ha fundado un Sindicato, una candela, un lugar de encuentro y de apoyo, un centro de estudio en el que se luche no sólo por conseguir una vida mejor sino por cambiar la sociedad.

"La mujer rica —dice Egidia Laime—, si tiene un hogar, está preocupada por sus hijos nomás, de educarles como gente decente, dice. La gente que no piensa cómo es la sociedad, vive como un animal, sólo piensa en su barriga. Se crece, se cruza, tiene su cría; cuando la cría es grande, se olvida. Una muerte que viene sin que haya cambiado nada para la sociedad. La muerte del rico es como la del chancho, en su propias personas pensaron, en llenar su barriga.

"El Sindicato es sagrado proque nació de las lágrimas de las empleadas, de los golpes. Aún si desaparecen los dirigentes, siempre se levantarán otras compañeras, porque el Sindicato no puede desaparecer. Sólo desaparecerá cuando ya no haya explotación.

"Para cambiar esta sociedad, para hacer una nueva vida, no es facilito conseguir de la noche a la mañana, es como un parto que damos para que nazca un nuevo hombre, con sangre, con dolor."

(1981)

*

Las señoritas de Huamantla

※

Las señoritas se acomodan junto a la ventana. Buscan la luz. Los gruesos muros las defienden de algún peligro, pero no sé cuál. Con un cuidado conmovedor desenvuelven su costura, la liberan de una burda tela protectora y la extienden. Es un satín finísimo y sobre ese satín blanco estalla deslumbrante una rosa de oro que refleja los rayos del sol que entra por la ventana. Nadie habla. Ahora se sientan con cuidado alisándose la falda, jalándosela sobre las rodillas. Sacan sus agujas, el hilo de oro, las perlitas, y empiezan a bordar. Cada vez que dan una puntada le rezan a la virgen; ensartan una perla y se oye su plegaria:

—Dios te salve María, llena eres de gracia, el Señor es contigo...

Sobre sus vientres jóvenes yace la tela suntuosa. No platican, no ríen, no sonríen, sólo rezan.

Pasan treinta años. Afuera la gente va y viene, crecen los durazneros, se van las flores, regresan los meses de las grandes aguas, la energía solar se almacena, fuente de todos los procesos vitales. Quizá una sola presencia altera su mente y su costura, la de La Malinche.

*

Desenvuelven su costura con la misma reverencia. Sus vientres ya no son tan jóvenes. Entre los pliegues de la tela burda aparece un brocado más blanco que la leche blanca y, sobre éste, diminutas guirnaldas de hojas bordadas con hilo de oro. ¡Qué belleza! Las señoritas de Huamantla lo miran con fruición. Sacan las agujas de la labor, todas del mismo número, y hacen que el hilo de oro atraviese una y otra vez la suntuosidad de la tela. Usan dedal porque el brocado es más grueso. Cada vez que encajan su hilo de oro rezan:

Ave María purísima.
Sin pecado concebida.

---

(177)

Las perlitas, las cuentas de oro, son traviesas, juegan y se escapan en su caja que hay que cerrar cuidadosamente porque cada una representa una fortuna. Antes las jóvenes reían al verlas rodar, ahora la vida les ha enseñado que todo es grave y se reconvienen unas a otras:

—Pon la caja más derecha para que no bailen, porque si nos distraemos se nos puede perder una.

Afuera, a punto de tapar el sol, como una inmensa amenaza, se yergue La Malinche.

*

Carolina Hernández Castillo, hermana del cronista de la ciudad de Huamantla, borda en seda pura adornos de oro de 18 kilates. Otras damas, católicas fervientes, la ayudan: María Luisa Hernández y su prima Virginia Hernández Rossano. Deben darse prisa porque el 15 de agosto la Virgen tendrá que estrenar su nuevo ajuar de novia que consta del vestido, una mantilla, un manto, unos calzoncitos y un fondo. En 1970 cada ajuar valía 15 mil pesos, recaudados a través de limosnas y donativos personales de los más afortunados.

Sus dedos han perdido lozanía (las manos son las primeras en envejecer). La experiencia las hace bordar con más seguridad, sin los temores del principio. "Me están sudando las manos." "Hoy mi pulso no es bueno." Sus manos secas ya no revolotean como mariposas. Severas, van directamente al grano, a la perla, a la cuenta de oro, bajo la supervisión de Caro, Carito, que tiene una especial devoción por la Virgen y es la única autorizada para sacarla de su capello de cristal, tomarla en brazos, desvestirla y vestirla de nuevo, peinarle sus largos cabellos, acomodarle su corona que alguna vez fue de oro macizo con diamantes, zafiros y otras piedras preciosas, pero que al ser robada tuvo que remplazarse por otra menos lujosa. El que sí sigue siendo a todo lujo es el atuendo de gala que se ha enriquecido año con año, tras el primero que la Virgen de la Caridad estrenó en 1896 confeccionado por unas devotas señoritas de Huamantla de apellido López. Las rosas del vestido son de tamaño natural. No se lo ha vuelto a poner la Virgen; cada año estrena uno más grandioso o más delicado que el anterior. Alguna vez, la estatuita se cayó pero las piadosas manos de su fervorosa vestidora vendaron su cuerpito y milagrosamente no quedó ni traza de sus heridas, ni la más mínima cicatriz en su piel de nívea magnolia.

LAS BORDADORAS ESPERAN TODO EL AÑO ESTE MOMENTO

Las damas bordan junto a la ventana y el oro del vestido centellea al sol. Cada vez que insertan la aguja en el moiré venido de Francia, rezan, pero su voz ya no suena como campanita en el bosque, ahora es cascada, y las jaculatorias se siguen en un stacatto, un tanto impacientes:

Santa María, ruega por nosotros, Santa Madre de Dios, Santa Virgen de las vírgenes, Puerta del cielo, Arca de oro, Torre de marfil, Vaso de elección, Rosa mística, Virgen prudentísima, Virgen amable, Virgen adorable, Consoladora de los afligidos, Refugio de los pecadores, Estrella del mar, Madre amantísima, Madre admirable.

Glorifica mi alma al Señor,
y mi alma se llena de gozo...

Al lado de la ventana cae el sol dulcemente, calentando los hombros encorvados de las fervientes bordadoras. Dos de ellas ya usan lentes y los cabellos de Carito han perdido su vigor. En realidad, el pelo de las señoritas de Huamantla encanece, encanece. Antes huían del sol porque hacía sudar sus manos, hoy lo buscan y lo agradecen.

Afuera, al atardecer, La Malinche es una mole oscura; parece vigilarlas y amenazarlas con su presencia enorme, inevitable.

*

Vendida de niña en el mercado por su padre, luego intérprete y amante del Conquistador, Malinalli, Matlalcuéyetl, nombrada Malintzin o mal nombrada Malinche, es hoy una montaña de más de cuatro mil metros con una cintura de ciento treinta y cuatro kilómetros. Gorda, panzona, cacique, gran señora de vasallos, mandona, desbordada, se asienta en la tierra y se hincha bajo la lluvia. Al atardecer mientras fuma palitos de ocote, antecesores de los cigarros, recuerda que Bernal Díaz del Castillo decía que "tenía mucho ser y mandaba absolutamente entre los indios en toda la Nueva España". Le crecen bosques de cedro, ocote, encino, madroño, y sus enaguas perfuman a durazno. Las partes secretas de su cuerpo están cubiertas de musgo; su vello tupido, sus líquenes, sus hierbas insinuantes y táctiles, su heno la resguardan. Al pie de sus árboles, las hongueras se inclinan y entre las hierbas húmedas recogen los hongos, las setas, las leyendas, los remedios, los sueños, el más allá de las hojas, las flores y las moléculas de la selva alta. Sus pechos almacenan carbón orgánico y su vientre abultado y muy extenso se cubre de maíz y de girasoles silvestres color de rosa que no deberían llamarse girasoles porque no tienen nada que ver con los de Van Gogh y sin embargo buscan el sol, quieren bebérselo, se cierran en la noche, y se abren ávidas a la luz del día.

Doña Marina, la que acompañó a Cortés, Malintzin, es hoy una montaña de traición, un peso gigantesco en el alma de los mexicanos. Sin ella, fuente de humedad, se aceleraría de manera significativa el calentamiento de la tierra tlaxcalteca pero de ello nadie tiene conciencia. Nadie sabe que La Malinche es el más alto grado de perturbación de la conciencia, la responsable de la diversidad biológica, la sembradora de bacterias y de microorganismos activos.

Desde su ventana en Huamantla, las bordadoras se asoman y dicen con temor:

—Mira, qué tremenda se ve La Malinche, desde hace trescientos años nos está apocando.

*

Antes de la Conquista, en su cima blanca, entre los aires helados, se levantó un templo a la diosa Xochiquetzalli o Matlalcuéyetl, "la del faldellín aceitunado" según Diego Durán.

Xochiquetzalli era una diosa muy delicada, habitaba sobre todos los aires y los nueve cielos, vivía bien entretenida en lugares deleitosos; otras diosas eran sus servidoras, la coronaban de hiedra, le hacían un techito de rosas y ponían entre sus manos ríos, jardines, fuentes, helechos, hongos, nunca le faltó nada. Sentada en el árbol florido que crecía en una misteriosa región entre el cielo y la tierra y daba vida a los hombres, Xochiquetzalli tejía, bordaba animales en su telar: tigres, híbridos y embriones, unicornios mulatos, pájaros coronados con un desmesurado copete de plumas, flores con medias y zapatos, niñas con pezuñas de chivo, un gran moño en la cabeza, una leontina y otras cosas curiosas porque era muy ocurrente y por su cabeza pasaban ideas únicas que la ligaban, sin ella saberlo, al mundo celta. Era la diosa de los enamorados, según el historiador tlaxcalteca Diego Muñoz Camargo, que también descubrió que la linda doncella fue mujer del dios de las aguas, Tláloc, pero se la robó Tezcatlipoca para llevarla a los cielos y convertirla en la diosa del buen querer.

Sus laderas verdes y sospechosamente pantanosas se cubrían de flores silvestres: una para cada estación del año. Unos muchachos fingían ser pájaros y les salía pico, otros mariposas con sus trajes de plumas verdes, azules, sus máscaras rojas y amarillas sobre sus rostros morenos. Subían por los árboles, aleteaban de rama en rama chupando el rocío de las rosas y sus trinos parecían de zenzontle. Durante los diez días de fiesta los campos cubiertos de trébol, de yerbabuena, de juncia, amanecían cada vez más olorosos, verdes y abundantes y el día 10 era el mejor de todos. Terpsícore, Talía, Euterpe, Calíope, las nueve musas, eran menos graciosas que Xochiquetzalli con sus zarcillos de oro, sus plumajes redondos, sus vestimentas labradas de flores tejidas y plumería, sus enaguas de arcoíris. En los teocallis o templos, para que ella pasara, hacían alfombras con flores de cempasúchitl, plumas de aves de diferentes colores y tierra rosa y verde del cerrillo sagrado de Tepetzintla. En el día Uno-Flor, de los calendarios Tlaxcalteca y Anáhuac, giraban los danzantes todo el día y toda la noche relevándose en una ronda de veinte días, en torno a dos palos enflorados, al son de caracoles, flautas, chirimías y teponaxtlis. Atraía la atención el bobo, el juglar que daba pasos torpes para hacer reír a la gente y echar a perder la perfección concentrada de los demás danzantes. Motolinía habla de esos bailes chocarreros y Ángel María Garibay precisa que la danza tenía un acompañamiento monorrítmico "a base de percusión repetida constantemente, do, do, do, do, do".

Huamantla era un jardín y los huamantlecos gozosos tejían collares, pulseras de flores y comían unos frutos pequeños aromáticos y deficientes porque no sabían cuidar los árboles frutales hasta que don Hipólito les enseño cómo trescientos años después.

*

En las pinturas del lienzo de Tlaxcala aparece Marina al lado de Cortés. Su pelo negro y largo cubre —cual cortina— las intenciones del Conquistador. No sólo lo amó, por él le dio la espalda a los suyos. Se la pasa hablándole al oído, lo besa mientras lo aconseja. Ha perdido la cabeza y el recato. Le entran unas risitas de niña traviesa. Le secretea para que no la oiga Bernal Díaz del Castillo que es un chismoso. La mayoría de los novelistas son chismosos y Bernal es el primer gran novelista de América. Todo le dice, lo previene de cuanto peligro pueda haber, quita las piedras para que no se lastime su pie, le allana el camino. Va cubriendo de juncia la tierra, prepara aposentos enramados, deshoja pétalos de flores. Es su alfombra florida. Le dice que se apacigüe, que le dé tregua a su ambición, que nada ocurre al azar, que le dé tiempo al tiempo. En Tlaxcala, Cortés y su amante descansan veinte días el uno en brazos del otro mientras los soldados fabrican pólvora con el azufre del Popocatépetl.

A principios del siglo XVI, Xicoténcatl el viejo (en Tlaxcala, muchos llevan su nombre) era uno de los cuatro gobernantes del señorío de Tlaxcala, gran señor de Tizatlán. Noble combatiente, se opuso a que la nación tlaxcalteca se aliara a Hernán Cortés. Después se rindió. Había tenido noventa esposas y estaba cansado. Fue uno de los primeros indios bautizados. Su hijo Xicoténcatl Axayacatzin enfrentó a los españoles en Tlaxcala, fue derrotado en 1519, y pensó filosóficamente: "Si no les ganas, únete a ellos". Decidió unírseles para tomar Tenochtitlan y salió de Tlaxcala al lado de la pareja maldita (el Conquistador y su querida), rumbo a Cholula.

Seis mil tlaxcaltecas los acompañan. Cuando doña Marina se entera por una india —mujer de un cacique— de la conspiración de los guerreros de Cholula, le avisa a Cortés y esa misma noche, en una emboscada, los españoles y Xicoténcatl matan a los cholultecas en una horrible carnicería.

En su siguiente combate, Xicoténcatl Axayacatzin —que al lado del horrendo pelirrojo Pedro de Alvarado es poeta—, ataca a Tenochtitlan pero al ver la masacre, retira sus tropas del valle de Anáhuac. Cortés ordena su ejecución como prófugo de guerra y desde entonces a los tlaxcaltecas se les considera doblemente traidores: traicionan a su gente y a los conquistadores. Sobre esas dos traiciones se acumulan otras menores: participar en la conquista de Tenochtitlan al lado de Cortés; convertirse en los consentidos de la Colonia y recibir la primera Cédula Real que los considera sujetos de la corona española, con todos sus privilegios e inmunidades; ser llamados honorables, heroicos, distinguidos caballeros, hidalgos, hijos de España, señor don, vuestra merced, de sangre limpia, de alcurnia, y finalmente volverse personajes de "La culpa es de los tlaxcaltecas", el mejor cuento de Elena Garro, sobre la índole traidora del indígena, aunque Rosario Castellanos alega que el indígena no es ni poético ni místico, sino un ser como cualquiera que vive en la indigencia total. La protagonista del cuento de Elena Garro es la nueva Malinche, al revés volteado para que vean ustedes. Abandona al hombre blanco que come con cubiertos de plata y mastica con parsimonia sopa de poro y papa y filete de res con champiñones para irse con el moreno de maíz tostado y ojos zafios que traga olvido a grandes bocanadas.

*

Sin La Malinche no hay Conquista, o por lo menos, no tan rápida. Cortés la llama "mi lengua" y los indios le dicen Malinche a Hernán Cortés, uniéndolos cual iniciales en una misma sábana. La lengua va metiéndose en el menor resquicio, se aculebra, se hace taquito, penetra. Víbora, serpiente, lagarto, avanza lombriz, gusano de maguey. Insinuante, siempre habla y se retuerce cuando no encuentra su palabra pero entonces su mano halla el gesto y acaricia el pecho del Conquistador, se cuelga de su nuca, sus cabellos, sus piernas fuertes. Astuta Malinche mañosa.

Malintzin, la mediadora, camina siempre en medio de los soldados que la cuidan, no en contra de sí misma, sino en contra de los guerreros mexicas. Después de "La noche triste" que Carlos Pereyra llama "Noche de espanto", lo consuela al pie del ahuehuete y llora con él. La derrota de su hombre es su propia derrota. Olvida que los lampiños son sus hermanos. Olvida su pasado. Olvida a sus dioses. Olvida las grecas fantásticas de los edificios de sus ancestros, las cámaras mortuorias en el fondo de la pirámide, el canto de la chirimía, los tianguis, olvida todo porque el llamado de las fuerzas oscuras es el más insistente. Aquello que al principio fue sólo un sutil antagonismo contra sus hermanos por haberla vendido de niña, ahora es una amarga precisión. "Al que amo es al blanco, soy del blanco, si de venderme se trata, me doy al poderoso. No voy a quedarme entre los ajolotes" repite como letanía en su delirio amoroso. Desprecia la mansedumbre de Moctezuma, su indecisión de guajolote que sólo voltea para todos lados buscando augurios. El blanco no titubea. Loca Malinche, loca, en su tiniebla primigenia, loca con su lengua de fuera, loca que babea palabras y las tuerce, las ensaliva, loca nocturna, se desliza silenciosamente a la luz de la luna entre las piedras deshechas, las ruinas del imperio, los dioses pisoteados, sombra entre los parajes que ahora le son extraños, repite dócil que los sacrificios humanos son monstruosos, cuando antes nada le parecía más bello que un corazón palpitante aún, levantado al sol, loca hechicera, misteriosa, extática, perturbadora que lo único que desea es cabalgar a lomo de caballo, ir tras del Conquistador, y si él no la ama, amar al caballo, ese animal fascinante, a quien ha reconocido con las manos. Hipnotizada, lo ha mirado fijamente a los ojos, le ha asegurado que él sí es una divinidad terrenal. Acarició sus ancas, sus lomos, sus largos músculos, rascó su cabeza justo encima de sus belfos, sintió su ancha lengua al meter su mano en la humedad de su hocico, qué obsesión con la lengua, le murmuró al oído, lamiéndolo, lo que ya presentía, que el animal asqueroso y previsible es su jinete, y no él, no él, caballo inquieto que todo lo adivina con la sola movilidad de sus orejas. Catártica, La Malinche se tiende bajo el caballo y quisiera restituir al ser que vio primero, al centauro. Que él fuera quien se levantara frente a ella sobre sus patas traseras, sus fuertes pezuñas y la abrazara. Por él, entonces, podría transfigurarse en yegua, mejor dicho, en mujer caballo (ya de por sí su nariz afilada se ha vuelto equina), hasta que el llamado del Conquistador la vuelve a la realidad.

—Coño, mujer, ¿qué haces con los caballos? ¿Por qué te quejas si te tengo bien casada, bien comida y bien cogida?

Al final de la Conquista, los tlacuilos dibujan a Malinalli con un ostentoso rosario casi de su tamaño que blande como un escudo en contra de la adversidad mientras le sigue los pasos a un español de calzas, jubón de seda escarlata, sobrepelliz elaborado y bonete de terciopelo.

Se sabe temida y odiada.

Hechizada.

Bruja.

Se-ño-ra, porque así la llaman, "la señora", título sospechoso y no exento de ironía.

Cuando Cortés la embaraza la manda casar con Juan Jaramillo. Ni por eso Marina deja de amarlo.

*

Si Cortés hizo su entrada a Tlaxcala en 1519, los franciscanos llegaron cinco años más tarde, y al imponer los santos, los propios tlaxcaltecas-otomíes evangelizados transformaron a su deidad femenina en una virgen cristiana. La florida diosa Xochiquetzalli, en la cima de la Matlalcuéyetl pasó a ser la Virgen de las Maravillas porque su ermita estaba rodeada de esas flores silvestres —maravillas o chinitos— que se dan en varios colores: morado, blanco, rojo, solferino. Los religiosos —conquistadores al fin— les quitaron sus dioses del agua, de la fertilidad, del fuego, de la inmundicia, les rompieron sus "ídolos" para que vieran que no eran sino infames tepalcates, pero al destrozarlos rompieron también sus más íntimas convicciones, su identidad, su pasado y su relación con las fuerzas cósmicas. A cambio de esta tragedia, pusieron frente a sus ojos imágenes traídas de España de Cristos cargando su cruz, Dolorosas moradas de dolor y vírgenes que abren los brazos y reciben la bendición del Padre Eterno, entre otras la alada Virgen de la Ascensión.

No se dieron cuenta que Xochiquetzalli permanecía tras la Virgen madre de Dios y que la avalancha de flores —anterior a Cristo— le estaba destinada. Xochiquetzalli era quien recibía el tributo. Jamás se había visto en ninguna fiesta cristiana en Castilla la profusión de flores y de juncia que derrochaban los mexicanos. El Santísimo Sacramento pasaba bajo mil cuatrocientos arcos triunfales cubiertos de rosas seguido por toda la procesión. Según Motolinía, en la fiesta de Corpus Christi en 1538 los españoles apostaron que cada arco tenía una carga y media de rosas, todo lo que puede soportar una persona en la espalda. La quinta parte era de clavelina traída de Castilla, que en México se multiplicó en forma increíble. Los grandes florones de maíz que parecían cascos de cebolla reflejaban al sol como joyas lunares. Por eso, hoy en día, los tejedores de Tlaxcala, Contla y Chiautempan continúan el jardín de flores de Huamantla bordándolo en tilmas, quesquémetls, sarapes, colchas, tapados, cobijas grandes y pequeñas. Y unas señoritas virtuosas tienen el privilegio de acomodar rosetones de oro y perlas en el blanco vestido de la Virgen de la Caridad que antes fue de la Ascensión.

*

Acuclillados en el suelo, cuatro hombres rodeados de curiosos, recogen montoncitos de serrín y lo dejan caer lentamente sobre la tierra. (¡Y yo que siempre le dije aserrín al oloroso polvo de madera que resbala de las tablas serruchadas!) Cada montoncito tiene un color distinto: rojo, azul, morado, verde, amarillo, blanco. Son las cinco de la mañana, va a amanecer. El agricultor Bernardo Báez de setenta y dos años de edad, artesano experto en alfombras porque las ha hecho no sólo con aserrín y flores sino que ha combinado nopales, magueyes, mazorcas, granitos de elote, de café oloroso, blande satisfecho las fotografías a color de sus múltiples innovaciones.

—Ya me voy a dormir a pierna tendida, estoy demasiado desvelado. Quiero tirarme hasta las dos de la tarde. Este oficio de alfombrero me lo enseñó mi papá Juan Báez desde que yo era chamaco. Originalmente, las alfombras se hacían en forma muy rústica con flores del campo. Presionado por unas viejitas, mi padre hizo un tapete chiquito en forma de escapulario con más aserrín que flores. Se le ocurrió ponerle un querubincito y las viejitas se alborotaron. "¡Ay qué lindo, ay qué cosa tan chula!" Las viejitas, que

CON GIS TRAZAN LA FIGURA Y EL CRISTO LES ABRE LOS BRAZOS

nunca se conforman, solicitaron dos querubines, luego tres angelitos, luego toda la corte celestial, y en la actualidad todos los que hacemos alfombras trazamos figuras bíblicas en su centro. Esta alfombra que voy a terminar es de la Anunciación a María, con el ángel, la azucena, la virgen hincada, la ventana tras de ella, todo. De veras que está muy trabajoso. Antes sólo habría yo puesto en el centro una M de María y párele de contar, o si acaso, una custodia con ráfagas de flores del campo. Ahora utilizamos las plantillas y la arena de colores. El toque final se lo doy con diamantina plateada o dorada.

Bernardo Báez no parece darse cuenta que el suyo es un trabajo de orfebre y la alfombra a punto de terminar un fetiche enjoyado. Será porque tiene sueño. Con mucho cuidado toma una cajita cuadrada a la que llama tamiz o cernidor, filtra el aserrín o la arena y la deja caer suavemente. Su pulso es exacto, delinea contornos, matiza los perfiles, logra claro-oscuros igualitos a los de Rembrandt, bueno casi, vuelve a llenar su cernidor y a dibujar las formas con una precisión de cirujano.

—La parte más difícil es la del centro. Cuando la acabe me brinco, salgo por ese corredorcito para irme a dormir. Usted ¿no se va a ir a dormir?

—No se me ocurriría, estoy demasiado emocionada, además no me dejarían los cohetes.

Toda la noche del 14 de agosto estallan los cohetes, el ruido es infernal y cuando parece acallarse, la música estruendosa revienta en los oídos. En los portones la gente muy cordial obsequia café y tamales de un bote humeante. Atole o tamales, chocolate y tamales, champurrado y tamales, cerveza y tamales, chínguere y tamales. "Ándile, ándile, tome usted, tome usted para que se le baje su tamalito." ¿Se imaginan ustedes cuántos tamales puede un cristiano comer de las siete de la noche a las cinco de la mañana y más cuando en cada cuadra se los ofrecen con insistencia? "Yo misma los hice, no me vaya a desairar." "¡Éntrele para que aguante la noche!"

Son siete kilómetros de alfombras y cada año la procesión avanza uno más. Casi no puedo caminar lastrada por los tamales y el mareo de los juegos de feria, la mirada impactante de los monstruos de barraca que por alguna bizarra razón me remiten a los hongos, el borrego de tres cabezas, el gallo de tres patas de pollo, la mujer barbuda que asocio a Hernán Cortés, la niña que se quedó así boqueando con su cuerpo de tortuga y flota enorme en un agua verde, enlamada, "por desobedecer a sus padres", repite indiferente su dueño, un hombre de pelo en pecho, la euforia contagiosa y lírica de Rosita Nissan que me insta: "Vamos Ele, unas 'alegrías', unas cuantas alegrías' cubiertas de amaranto".

*

Un puñito de arena, otro de aserrín, una cascada de pétalos de flores, lama fresca, heno, flores arrancadas de las faldas de La Malinche y traídas en canastas que las mujeres deshojan durante toda la noche para que no pierdan su lozanía son los ingredientes que entran en la confección de una alfombra. Aunque también se les cierran los párpados a los hijos de Bernardo Báez del barrio de San Lucas (porque a cada uno de los diecinueve barrios le toca hacer su alfombra), siguen filtrando la anilina azul añil como la casa de Frida Kahlo. Son los ayudantes, ejecutan órdenes. Dentro de cinco años, si han adquirido suficiente destreza, podrán hacer sus propias alfombras. A ellos les toca hacer la orilla, o el remate de la alfombra, la cenefa, el trabajo más fácil. Esparcen los pétalos de flores que las mujeres sacan con cuidado de los canastos: pétalos de crisantemo, de dalia, de humildes girasoles. El brillo de la diamantina de oro y plata en la orilla le da a la alfombra el sabor de una postal o de un vals antiguo, aunque la música que vibra en el aire es "Popotitos". Deberían tocar el vals del poeta Miguel N. Lira, a quien Frida Kahlo le pintó un retrato.

Se turnan los diecinueve barrios y por los materiales que usan se sabe si los creadores de la alfombra son textileros porque en el suelo acomodan lana cardada a mano o hilos de telar. Los panaderos las hacen con harina. Los herreros con rebaba de metal. Hay competencia entre ellos para ver a quién le sale mejor. Juntan sus esfuerzos económicos y espirituales. Escogen alguna escena piadosa: "El nacimiento del niño Jesús", o "El niño Jesús en medio de los doctores", o "El bautizo de Cristo por San Juan Bautista", "El Domingo de Palmas". Dibujan en el suelo todo el cuadro. Buscan el punto de oro. Hasta siembran con anterioridad las flores que van a necesitar. El mero día o si acaso la víspera, salen al campo de Huamantla a cortar rosas, margaritas, margaritones, flor de mariposa, flor de tigre, flor del pajarito, flor del perrito, flor del sol, flor del caracol, flor roja y morada, flor del corazón, flor blanca, flor de la mano, flor de jilote, rosa silvestre, rosilla, gladiolas. Las mujeres traen tantos miles de flores rojas, escarlatas, carmesíes, tantas de color amarillo clarito, amarillo ópalo, amarillo limón, amarillo de diversos tonos, azules también diversos, azul morado y azul clarito, verde oscuro y verde claro, cada una con su distinto matiz, las cortan todas con cuidado y les van salpicando agüita. "Que no se te marchiten, Gudelia, si no se ven manoseadas y así no se puede." Las deshojan a la mera hora aunque algunas se ponen enteritas, de cara al sol, y sólo se les quitan los tallos que los niños llaman

LOS ESTARCIDOS SE PUEDEN GUARDAR
PERO LOS COLORES SÍ SON NUEVECITOS

LOS ARCÁNGELES VIGILAN LA ALFOMBRA
QUE HA DE PISAR SU MAJESTAD

"palitos". Como no hay gardenias en Huamantla millares de gardenias llegan en camión de Fortín de las Flores. En algunos años han comprado más de 25 mil gardenias que perfuman el aire.

Los huamantlecos no hacen la alfombra a la luz del sol, se agostaría al instante, comienzan a la hora del Ángelus. Acuclillados, se reparten a lo largo de una alfombra de diez metros de largo por quince de ancho y van caminando a gatas de afuera hacia el centro hasta las cinco de la mañana. Los arabescos le dan a la alfombra un realismo difícil de imitar. Los tapetes persas, los chinos, los turcos, los tapetes de Bujara, los de Temoaya no se distinguen de estas obras portentosas, bueno, sí se distinguen, los de Huamantla duran sólo una noche, hasta que la Virgen de la Caridad pose su delicado piecito y la procesión de sus fieles desbarate con sus zapatos la gran calzada que tapiza el suelo con las flores más sumisas de la tierra.

¡Cómo me gustaría que, a plena luz del día, una de esas alfombras se liberara, agarrara sus flores, se fuera volando por los aires y la viéramos subir al cielo entre las nubes!

Frente al horizonte, La Malinche cubierta de árboles altos y flacos, está infestada de parásitos fantásticos.

*

Todo lo que hacen los hombres y las mujeres del estado de Tlaxcala es delicado, meticuloso, secreto: alfombras, ramos de flores, bordados, tejidos, tamales, guisos laboriosos, mixiotes envueltos en la piel tierna del maguey, en su última epidermis, cocidos bajo tierra, injertos para lograr duraznos que den cajas y cajas de fruta "Oro de Tlaxcala". Recoger hongos es la más escrupulosa de las tareas, es ganarle a la muerte, apartar los venenos, hurgar en la magia de la naturaleza, en su intimidad, su perversión. Huamantla, ciudad de Tlaxcala, también es de cuidado. Hay que saber acinturarla, sacarla a bailar, acompañarla a misa, cepillarle el pelo, ofrecerle una mantilla de encaje, poner entre sus manos un ramo de dalias. Nada tiene que ver con Juchitán y sus bragadas mujeres. Aquí las señoritas de Huamantla tienen a la eternidad en la punta de una aguja. Ensartarla con un hilo blanco, clavarla en el brocado, sacarla de nuevo con su hilo resistente a todos los embates, y ofrecerle a la Virgen una pieza cosida de alma, he allí la dicha de algunas de las mujeres tlaxcaltecas: las más virtuosas.

*

A Carito Hernández la Virgen no le pesa porque es una muñequita. De talla completa, mide 85 centímetros de altura sin contar la peana. La escultura es notable por su colorido fresco, brillante, y porque los labios parecen abrirse delicadamente a punto de sonreír y sus ojos se levantan al cielo. Su cabello castaño es natural y muy abundante. Cada año, una muchacha le regala su trenza y con ella le hacen una peluquita de pelo joven y ofrendado. Toda su actitud es graciosa. Una aureola de oro y perlas circunda su cabeza y de sus oídos penden suntuosísimos aretes de oro y perlas. Por haber ganado la batalla de Tecoac, don Porfirio ya siendo presidente le donó una aureola y una palma de oro y perlas y, preso de su encanto, iba a visitarla a Huamantla. Y si no mandaba a doña Carmelita Romero Rubio.

No sólo es su devoto don Porfirio, también tiene a otros menos "in". De los contrabandistas que se ocultaban en la espesura de La Malinche y se llamaban "Los hermanos de la Hoja", uno se enamoró de ella. El pueblo de Huamantla los quería y los escondía porque les quitaban a los ricos para darles a los pobres. Por una traición de un compañero, los mataron a todos salvo a su jefe: "Astucia", que quedó vivo en el portal colonial de Huamantla, junto al convento que es hoy la Farmacia del Carmen. Una señora metió a "Astucia" a su casa, curó sus heridas y a ella le contó que como era muy devoto de la Virgen de la Caridad, cuando vio a sus compañeros acribillados se encomendó a la Virgen de la Caridad que lo salvó. En agradecimiento, "Astucia" la visitó en su templo y le llevó milagros de oro y plata.

Algunos dicen que la Virgen de la Caridad proviene de Barcelona y que la trajo un español junto con la imagen de San Luis Obispo y la de San Miguel Arcángel. Otros cuentan que fue tallada en México a fines del siglo XVIII por un escultor malhumoriento que la esculpió a altas horas de la noche dentro de un madero muy tosco y, con el mocho del hacha, le dio rasgos burdísimos porque estaba colérico. No era para menos. Había trabajado durante cua-ren-ta años en un retablo de acahuite rojo barroco que deslumbró a la población y a última hora la gente todavía se atrevió a pedirle su pilón; una estatua de la Virgen. Francamente ya no estaba para cumplir antojos y mucho menos regalados. Cuál no sería su asombro a la mañana siguiente al encontrar en vez de su palo grosero una figura maravillosamente hermosa, tierna y dulce, muy parecida a la Virgen de la Asunción.

Entregó al pueblo a la Virgen desvestida, manos piadosas cubrieron su

LAS ESTRELLAS DE PAPEL VIBRAN COMO LAS DEL CIELO

PARA LA NOCHE EN EL JARDÍN DE LOS OLIVOS, FLORES Y MANZANAS

cuerpito y enjoyaron su cuello y su cabeza. A medida que su fama cundía el culto fue aumentando; las limosnas también y los miércoles y los sábados un padre Lechuga repartía ropa y comida a los peregrinos que acudían y así los devotos la conocieron como la de la Caridad, puesto que daba a manos llenas. El más notable de sus prodigios fue el de la inundación de Huamantla el 15 de diciembre de 1888. Grandes trombas de agua empezaron a llevarse casas y gente, no había forma de contenerlas. El pueblo se encomendó a la Virgen y en unos minutos, como por encanto, cesó la tempestad, las aguas bajaron de nivel, comenzó a brillar el sol, y la gente se arrodilló en la tierra lodosa a dar gracias.

La Malinche inclemente, de pie en medio del agua, su cabello negro empapado, su quesquémetl desgarrado por los relámpagos, deshilachadas sus diez enaguas azules, no hizo nada para evitar la catástrofe. Al contrario, ella quería tocar los fundamentos del cielo y estiró los brazos entre las nubes rojas, un relámpago hizo arder su alma en vivas llamas y se quemaron sus árboles más altos, la cima de sus cabellos que encanecen. Todas las montañas tienen la pretensión de entrar al cielo, pero es poco probable que lo logren por más que apunten hacia arriba, porque en su interior suceden cosas tremendas; no tienen criterio, albergan tanto al venado como al puerco espín, a la ardilla como a la serpiente, a la codorniz como a los cazadores, a la vigilia nocturna, a las fantasías erotómanas, al laberinto y a la elipse. Conservan todos los ritos paganos, las supersticiones y, para una montaña, los gnomos maléficos y las hadas madrinas son lo mismo. No hay diferencia entre la simiente y el vientre. Las montañas se pasan de liberales. Incitan a la vida gozosa y demoniaca y aceptan el inframundo, lo inverosímil, el oficio de tinieblas, la misa negra. Y lo peor de todo: La Malinche guarece a los buenos ladrones en lo más oscuro de su fronda.

Cuando los soldados vienen a buscarlos, entonces a La Malinche le sale la casta. Repele con sus malezas a cuantos quieran capturarlos.

*

En tiempo de aguas, las hongueras salen a las tres, cuatro de la mañana para llegar a las faldas de La Malinche e ir ascendiendo hasta la parte más boscosa. Cada una lleva la cabeza cubierta y su rebozo o un delantal en el que va echando los hongos. A muy temprana edad las acompañan sus hijos. "No tengo con quién dejarlos." El bosque queda lejos de su casa en San Isidro

NADA MÁS MISTERIOSO EN EL BOSQUE QUE LA BÚSQUEDA DE LOS HONGOS

Buensuceso, y por eso tienen que caminar antes de que claree el sol. En la oscuridad buscan al pie de los árboles, sobre el musgo, entre la tierra negra y húmeda, bajo el follaje y las hojas secas. Hace frío. La neblina atemoriza por traidora. Caminan en grupo porque a medida que avanzan se van desperdigando entre los árboles y los troncos quebrados y podrían perderse como Pulgarcito o encontrarse al lobo que se come a las caperucitas. Son mujeres fuertes de mejillas frutales y piernas de caminante bajo sus enaguas cortas y olanudas, verdes, verde limón, rosas, guindas, celestes. Muchas traen chanclas de plástico. "Para el agua. Tenemos que salir muy de madrugada porque a las dos de la tarde nos agarra la tempestad y caen muy fuerte los relámpagos en el bosque." Algunas también llevan su burrito para cargar la leña que recogen.

Los hongos son seres vivos; a través de ellos, de su carne, hablan los dioses. Los hongos pueden ser bisteces, filete, costillas, milanesas: un taco de hongos es un taco de carnitas. La tierra da vegetación, nunca carne, por eso los hongos son mágicos, son la carne de los dioses. Tienen un poder invisible y superior. Los primeros habitantes de México, entre ellos los olmecas, llamaron a los bulbitos, los sombreritos, los diminutos paraguas que aparecen en el campo después de la lluvia, *nanácatl*, que proviene de *nacatl* y significa carne. Además de comerlos, los antiguos mexicanos les atribuían poderes curativos. Al penetrar en la corriente sanguínea, servían para alimentar, para dormir, para anestesiar, para bajar la fiebre o provocarla, para limpiar, para emborrachar, para vaciar el alma. Pero también podían matar, producir locura hasta la muerte y, lo más terrible para los conquistadores, fomentar el paganismo, porque los indios salvajes, al ingerirlos, se comunicaban con sus dioses, todas esas caras y cuerpos de cerámica y de barro, figuras espantosas, vestidas de víbora o de tigre o de águila, imágenes infernales que por más que hacían nunca acababan de destruir. En Tlaxcala, hay una milpa de hongos "Nanacamilpa" y las especies se separan como en la época anterior a la Conquista:

Cuauhnanácatl: Hongo de prado.
Cuauhtlanánacatl: Hongo del monte.
Itzacnanácatl: Hongo blanco.
Zacananácatl: Hongo del pasto o del zacate.

En la época de lluvia, los tianguis amontonan en forma de pirámide pancitas, clavitos, corralitos, patas de pajarito, señoritas, cornetas, hongos yema, morillas que son de la familia de las morqueras, duraznillo (hongos que

LOS HONGOS SON SERES VIVOS Y LAS HONGUERAS LES HABLAN

tienen el suave perfume del durazno), lenguas de gato, enchilados, pípilas, yemas de huevo, negritos que después de la Conquista los indios tuvieron la puntada de llamar gachunpincitos, mazorquitas como también les dicen a las pancitas, y todos ellos tienen sus denominaciones latinas, que doña Ignacia González Fuentes se sabe al derecho y al revés. Primero tal y como la gente del pueblo los bautizó de acuerdo a su apariencia, y luego tal y como lo estableció en el siglo XVIII el médico naturalista sueco Carolus Linneus, en su libro monumental *Species Plantarum,* cuando cada planta adquirió en latín el nombre que los antiguos mexicanos le habían dado en náhuatl.

Doña Rafaela, la honguera, hace una identificación tan precisa de cada especie como la harían los doctores Roger Heim o Gordon Wasson o el mismo Albert Hoffmann, que aisló la psilocibina. Separa los hongos de acuerdo a su color (rojo, blanco, amarillo, negro, café claro, café oscuro), al mes en el que crecen, el tipo de vegetación arbórea, si crecen cerca de una gramínea o bajo un encino o un pino, y le va dando los nombres que se conocen en el mercado, pues ¿quién va a saber salvo la sonriente Ignacia que el champiñón es el *Agaricus* y que el *Helvella infula* es el gallito o el menudito y puede recolectarse en abril, mayo, junio y julio? ¿Quién va a adivinar que el *Amanita vaginata* es el venadito o el *Mazatlanácatl* y sólo aparece sobre la tierra en julio, agosto y septiembre?

Los españoles se escandalizaron por la acción directa que los hongos tenían sobre el cuerpo de la indiada, las alucinaciones, los desfiguros, las crisis nerviosas, las pataletas, los trances, la depresión atroz después de la euforia, y los prohibieron. Muy lejos estaban de comprender que a través de los hongos, los indios lograban su propia experiencia mística. Los indios no perdieron su sabiduría de micólogos y gracias a los antiguos mexicanos, Ignacia puede decirnos que *Pleurotus* es un hongo comúnmente conocido como seta, y que en Tlaxcala, los *Boletus* tienen algunas propiedades tóxicas y los Xipos de toro, semejantes al hocico del toro, grande y esponjoso, son tan voluminosos que pueden alimentar a dos que tres. A las *Ramarias,* la gente les dice escobetas y hay muchos tipos de ramarias todas con nombres hermosos, la *Ramaria aurea,* la *Flava* y que *las señoritas* (no confundirlas con las de Huamantla), que son unas honguitas muy graciosas, campanitas bocarriba a punto de dar la buena noticia, tienen el nombre de *Clitocybe infunaibuliformis,* se pueden secar y conservan su delicioso sabor.

"Yo quiero ganar más para poderme ir a pasear. Nunca he salido de aquí. Ni Puebla conozco", se lamenta Rafaela Arce de San Isidro Buensuceso a pesar de que San Isidro colinda con Puebla. Tiene cinco hijos, es experta micóloga y hacedora de riquísimos moles de panza con su epazote, chile de polla,

NINGÚN ESPECIALISTA SABE MÁS QUE LA HONGUERA IGNACIA

jitomate molido, ajo y cebolla. Guadalupe Zepeda Pérez es de San Miguel Canoa —de triste recuerdo para los estudiantes— y se vino a San Isidro a quedarse para siempre puesto que se casó también para siempre, amén. Recolectoras de hongos, cuando venden en el mercado a 2 500 pesos el kilo de corneta, les da gusto salir desmañanadas al bosque; hasta les parece un día de campo aunque sea tan cansado "andarse agache y agache". No imaginan que al lado de sus dos mil quinientos pesos, los franceses pagaron, en 1977, una fortuna para importar la morquela o la morilla arrugadita que ellos encuentran en el Fouquets o en Fauchon cuando en San Isidro la hacen a un lado "por feíta" y porque hay tantos otros hongos con el mismo sabor exquisito.

Al bosque de La Malinche llegan de Tlaxco, de Calpulalpan, de San Pedro, de Chapatlhuaya, del cerro del Quinixo (murciélago en náhuatl) donde se escondían los hermanos de la Hoja, de Tizatlán, de la laguna del Carmen Tequesquitla de donde sacan la sal desde antes de la Conquista, recogedoras de San Pedro que incluso tienen sus propios bosques, pero en la época de lluvias, entre más hongos mayor es su economía doméstica y por eso hay que visitarlos todos. En los mercados de Huamantla, las hongueras hacen trueques. Le ofrecen hongos al de la fruta, al de la tienda de abarrotes, al del frijol para obtener otro alimento. A lo mejor ya están hartas de quesadillas de hongos, de sopa de hongos, de molitos de hongos o de los tamales de hongos que en su mayoría provienen de Tlaxco.

Ignacia se queja: "Hoy podemos recolectar hongos en este paraje pero a lo mejor el año que entra ya lo convirtieron en zona de cultivo, de pastoreo o sencillamente talaron los árboles y ya no hay hongos. Estamos viviendo una situación muy crítica porque cada día se pierden muy buenas hectáreas de áreas forestales. Si se quitan los árboles, se acaban los hongos porque tienen una relación íntima con los árboles. Así como los ve, los árboles les proporcionan alimento y los hongos les dan agua y sales minerales. El micelio del hongo se entreteje y forma una red alrededor de la raíz de los árboles y permite que viva el hongo del árbol y a su vez lo alimente.

"Nosotros sabemos que los suelos forestales son frágiles y que aguantarán una, dos o tres cosechas pero no más, porque el suelo es fértil precisamente por toda la cobertura vegetal que tiene y es muy diversa. Cada una de las plantas, de los hongos o de los árboles que crecen aquí tienen una función específica e importantísima. Si nosotros la eliminamos, rompemos el equilibrio y al meter un cultivo uniforme (haba, papa, cebada, maíz) agotamos el suelo cuya vocación es forestal."

¡Pobre Matlalcuéyetl, pobre Malinche, talada, rasurada como el tigre rasu-

EN EL TIANGUIS SU PRESENCIA TIENE MUCHO DE DIABÓLICO

rado de la canción, desgarrada por la voracidad maderera, infectada, sin polvo de esporas para quitarle las manchas! ¡Pobre Malinche pisoteada, tasajeada, sin que ninguno le aplique hongos blancos para que cicatricen fácilmente sus heridas! Pobre Malintzin que en las noches solloza, buscando a sus hijos los traicionados, corroída por el remordimiento. Por los ojos le fluye toda el agua del Coatzacoalcos; lúgubre, llora a través de los siglos el océano que atravesó Cortés, llora todas las lágrimas del mar lopezvelardiano, llora el mar por la tarde de Octavio Paz. Sahagún cuenta que "aparecía muchas veces como una señora compuesta con unos atavíos como se usan en Palacio: de noche voceaba y bramaba en el aire... Los atavíos con que esta mujer se mostraba eran blancos y los cabellos los tocaba de tal manera que tenía como unos cornezuelos cruzados sobre la frente... Lloraba: 'Oh, hijos míos ¿dónde os llevaré para que no os acabéis de perder?' '¡Oh, hijos míos, ya ha llegado vuestra destrucción!'"

Dentro del vientre de La Malinche, en sus entrañas trenzadas de ramajes, su maleza feraz, sus frondas y sus arbustos, se alimentan miles de seres diminutos, apenas una célula que se va multiplicando y extendiendo; las plantas son complejas fábricas químicas, compuestos orgánicos, organismos vivos; a las células hay que buscarlas en los pantanos, en el limo, el agua oscura. A Matlacuéyetl, la de las diez enaguas, la de las diez cabezas, los dioses la condenaron a estar siempre cargada, su vientre lleno de cantáridas, su deseo extendiéndose por los valles y las hierbas para embrujar. Su maternidad es eterna. Grávida, su silueta se redondea, apretada de hongos, de sueños y de maldiciones. En cambio, la Virgen de la Caridad, patrona de las parroquias de Huamantla, de Terrenete, de Altzayanca, Cuapiaxtla, Tequexquitla, Ixtenco y Citlaltepec es cada vez más graciosa y todos se acercan de rodillas a besar con cariño el filo de su vestido.

A La Malinche la cuidan diez cerros. El mismo Carlos V cuando le dio la Cédula Real a Huamantla dijo que el pueblo de San Luis Huamantla debería asentarse bajo las diez cabezas de la cadena montañosa: el cerro del Ayotepec que tenía a varios habitantes, pero como el pueblo sólo tenía una bajada de agua de acueducto, tuvo que trasladarse a Xoltepec el 18 de octubre de 1534. A la izquierda, hágase más pa'cá y verá un cerrito chiquito, boludito que algunos llaman El Baño pero que en náhuatl es el Oclayo. Le sigue otro cerro picudo, el Xaltonalli, luego la parte más alta, La Cima, después el segundo a la derecha es La Tetilla, y puede vislumbrarse el Ayotepec o cerro de la Tortuga. Ayotl es tortuga en náhuatl y tepec, cerro. Este cerrito a la izquierda es el de Xoltepec que aparece en el códice de Huamantla del siglo XV y Xoltepec quiere decir cerro de la Codorniz.

Los diez guardianes de La Malinche rodean a Huamantla. La espían de día y de noche, son muy platicadores, y a diferencia de ella, saben defenderse de las tentaciones del mundo.

*

El culto a la Virgen de la Caridad está por cumplir cuatro siglos. Por eso su iglesia de dos torres muy parecidas a las de Ocotlán es un relicario. Le han traído muchas joyas de valor. A ella le dicen chiquitita, preciosura, madrecita, divina, querida, adorable, tesoro, criaturita, tortolita, "mi corazón", "mi amor", palomita linda, palabras que ya no pronuncian los enamorados por temor a la cursilería. A ella la pasean en bandeja de plata, la sacan a presumir entre cúmulos de rosas, le regalan ropajes de mil dólares para arriba y un anillo de compromiso más solitario que los solitarios.

*

En el rincón mejor iluminado, las señoritas buscan modelos para el vestido de la Virgen de la Caridad del año que entra. A lo mejor el año que entra le vendría bien un Chanel con botones de oro y galones de mariscala que la equiparara con la tres veces heroica Huamantla que ella, así como la ven ustedes de chiquita y frágil, custodia y mantiene bajo su égida no sin un arqueo displicente de sus labios infantiles. Valientes, los huamantlecos destituyeron a Santa Anna, sacaron a los invasores norteamericanos de su ciudad y una mujer, Josefa Castelar, que vivía en la parte alta, bajó con un tizón de lumbre a encender uno de los cañones emplazados, lo apuntó rumbo a la calle de la Caridad y le dio muerte no sólo a un gran número de soldados sino al invasor John Walker, inventor del primer revolver: el walker. Por eso muchos norteamericanos están sepultados con todo y sus medallas y sus armas en el antiguo panteón de El Calvario. La Virgen de la Caridad no ignora a Josefa Castelar como a La Malinche a quien le da la espalda.

Afuera, La Malinche, eternamente rechazada, envenena sus flechas y los minúsculos seres que la habitan, los zancudos, las arañas, las avispas y los escarabajos más diversos afilan sus dardos ponzoñosos, sus colas arteras se alistan a la guerra. Su cabeza se llena de gorriones, calandrias, primaveras, jilgueros, ardillas, conejos, armadillos que rascan como puerquitos, zorras de barranca, tlacuaches, ajolotes, ranas panzoncitas, acociles. Sus flores acampanadas y sus arborescencias son una tentación. Su mirada es soñadora y le da un atractivo incomparable. A pesar de ser la causante de la derrota de México, sobrevive. La Malinche intoxica. Aún le temen a sus ardides. Y a sus poderes.

Sin embargo no son mayores sus poderes que los de la Virgencita. Son distintos. Los de la Virgen son blancos, los suyos son de obsidiana y cortan filosos, sacan manantiales de sangre, hacen nacer híbridos. Los opuestos se encuentran. Las señoritas de Huamantla los días de mercado les compran sus hongos a Rafaela, a Ignacia, a Guadalupe, a Paula, a Emelia. A veces, si el molito resulta delicioso tienen sueños extraños y recuerdan que alguna vez fueron flores, hongos con su estípite delgado y gracioso. De inmediato le piden a la Virgen que las cobije y no las desampare, que de ellas su vista no aparte porque los caminos de la tierra son espinosos y los que llevan a su altar seguros y mullidos.

*

Las señoritas abren la puerta y una de ellas se despide.

—Vete derechito a tu casa —le indican las otras dos—, porque hoy anda inquieta La Malinche.

(1988)

Créditos fotográficos

Archivo General de la Nación
pp. 8, 13, 17, 21, 25, 29, 32
Tina Modotti
pp. 33, 76, 81, 85, 89, 93
Héctor García
pp. 36, 52, 53, 61, 137
Ruth D. Lechuga
p. 45
Archivo fotográfico de *El Día*
pp. 96, 117, 121, 125, 129, 141 abajo,
145, 149, 153, 157, 161, 165
Instituto Nacional de Protección a la Infancia
pp. 141 arriba, 169
Paula Haro
pp. 176, 197, 201
Agustín Valdés Lima
pp. 179, 199, 203
Rosa Nissan
pp. 187, 190, 191, 194, 195

Composición: Alba Rojo
Impresión:
Fuentes Impresores, S. A.
Centeno 109, 09810 México, D. F.
Impresión de portada
y páginas 97/112:
Litográfica Turmex, S.A. de C.V.
Lago Silverio 224, 11320 México, D. F.
25-XI-1994
Edición de 10 000 ejemplares